Mein Dank gilt

- all den praktizierenden Eltern in meiner Umgebung für die Idee zu diesem Buch,

- meinem Lektor Kanut Kirches für viele Anregungen, Einwände und Korrekturen,

- Sophie Schniederken für das schöne Startbild und die Grafiken in Kapitel I 3 und II 2,

- Malcolm Scott, meinem Mann, für stundenlanges Radfahren und sein liebevolles Verständnis, durch das ich in Ruhe an diesem Buch arbeiten konnte,

- Frank Geimer fürs stete Mutmachen, wenn ich mal ins Stocken kam.

Nathalie Berude-Scott

Betriebsgeheimnis Kind

Der ultimative Denkanstoß für Menschen mit Nachwuchs

Teil 1: 0 bis 4 Jahre

© 2016 Nathalie Berude-Scott

Umschlaggestaltung: SCHROLLER mobilmedia.hamburg
Cover-Image licensed by Ingram Image
Kinderbilder: Sophie Schniederken
Lektorat: Lekto|rat Kanut Kirches

Verlag: tredition GmbH, Hamburg

ISBN Paperback: 978-3-7323-6436-7
ISBN Hardcover: 978-3-7323-6437-4
ISBN E-Books: 978-3-7323-6438-1

Bibliografische Information der Deutschen Nationalbibliothek:
Die Deutsche Nationalbibliothek verzeichnet diese Publikation in der Deutschen Nationalbibliografie; detaillierte bibliografische Daten sind im Internet über http://dnb.d-nb.de abrufbar.

Literatur

Meine wichtigsten Inspirationsquellen, die – neben zahlreichen anderen Fach- und Studienbüchern – zu diesem Buch geführt haben:

- Paul Watzlawick: Anleitung zum Unglücklichsein, ISBN 978-3-492-24938-6
- C.G. Jung: Archetypen, ISBN 978-3-423-35125-X
- Sandra Konrad: Das bleibt in der Familie, ISBN 978-3-492-00526-0
- Piero Ferrucci: Werde was du bist; ISBN 978-3-49917980-6
- Sascha Dönges / Catherine Brunner Dubey: Psychosynthese für die Praxis. Grundlagen, Methoden, Anwendungsgebiete, ISBN 978-3-466-30679-4.

Inhaltsverzeichnis

Vorwort

„Bei der Wahl seiner Eltern kann man nicht vorsichtig genug sein."
(Paul Watzlawick)

Hallo!

So, du bist also die Mutter, der Vater, einer der Großeltern oder sonst wer, der künftig einem Kind bei seiner Entwicklung helfen will. Das ist ja interessant. Schön, dich kennenzulernen und zu merken, dass du dich für mich interessierst. Schließlich bin ich dir den Rest deines Lebens irgendwie ausgeliefert. Und wie Herr Watzlawick (1921-2007) es im Zitat oben auf der Seite schon so schön festgestellt hat: Man kann als Psyche eines Kindes gar nicht vorsichtig genug sein, auf wen man sich einlässt.

Schließlich sind die Mächteverhältnisse gerade am Anfang ziemlich klar verteilt. Du bist schon da, ich komme neu dazu. Und weil ich ja nun mal in diesem hilflosen, versorgungsbedürftigen und noch ziemlich wenig lebenstauglich ausgestatteten Körper deines (künftigen) Kindes gefangen bin, bin ich bei allem, was du als Entwicklungshelfer künftig so anstellst, auch mit betroffen.

Entwicklungshelfer? – „Was ist das denn für ein Begriff? Mein Kind ist doch nicht minderwertig!" Da hast du natürlich vollkommen recht. Aber was genau macht denn so ein Entwicklungshelfer? Er hilft dem Menschen, so gut er irgendwie kann, sich zu entwickeln, einen eigenen Weg zu finden, selbstständig und unabhängig zu werden. Und genau das beabsichtigst du doch auch mit deinem Kind, oder? Du willst es unterstützen, sich in seiner Einzigartigkeit zu entfalten. Du willst ihm Wege aufzeigen, später ohne deine Hilfe im Leben zurechtzukommen. Du willst, dass es frei und selbstbestimmt leben kann. So meine ich diesen Begriff, über den du gestolpert bist. Und dann ist er toll und bezeichnet deine verantwortungsvolle Aufgabe sehr treffend, oder?

Jetzt zurück zu dir und mir. Es ist also sehr wichtig, dass wir zwei erst mal klarstellen, wer ich so bin, was ich brauche, nicht brauche und was ich gerne hätte. Ich steck in deinem Wunschkind und du könntest dich ruhig ein bisschen anstrengen, um meiner Idee von Wunscheltern recht nahe zu

8

kommen. Glaub es mir. Es wird sich lohnen. Denn dein Wunschkind wird noch viel wundervoller und vor allem ein glücklicher und selbstsicherer Mensch, wenn du dir gelegentlich mal vor Augen führst, dass ICH auch immer mit dabei bin.

Ach, ich hatte ja bisher ganz versäumt, mich richtig vorzustellen. Entschuldigung.

Also, ich bin das [SELBST] – mancher sagt auch die Psyche oder die Seele – deines Kindes. Ich bin schon da. Mich kriegst du sozusagen zusammen mit dem Wunschkind. Und glaub mir, ich hab mindestens genau so viel Einfluss auf dein Kind wie du. Nur subtiler. Ich zeige mich deutlich heimlicher, bin aber dennoch omnipräsent.

Meine Denkanstöße sind übrigens nicht „sortenrein". Ich bediene mich mal der einen mal der anderen psychologischen Theorie und male dir zudem einige leicht nachvollziehbare Modelle. Wichtig ist mir, dass du mir einfach und unbeschwert folgen kannst.

Und bestimmt hast du am Ende des Buches eine gute Idee vom einzigen Begleiter bekommen, der ein Leben lang bei einem ist: vom [SELBST].

Ein feiner Unterschied – die Persönlichkeit und das [SELBST]

Bis Anfang des 20. Jahrhunderts stand es ganz schlecht um mich, man hat mich im Grunde damals verleugnet. Da war der Mensch – rein psychologisch betrachtet – nur das Ergebnis von allem, was er durch seine Umwelt erfahren und gelernt hat. Und man ging davon aus, dass man deshalb natürlich auch alles wieder verlernen könne. Diese psychologische Richtung nennt sich übrigens „Behaviorismus. Der Mensch als eine Art Lernmaschine. Auf diesen Grundlagen basiert die sogenannte Verhaltenstherapie, die man heute erfolgreich z.B. bei Phobien, Zwangshandlungen oder bei den Menschen belastenden Verhaltensweisen anwendet.

Inzwischen ist sich die psychologische Forschung allerdings sehr einig, dass der Mensch – und somit natürlich dein Kind – doch deutlich mehr ist als eine Lernmaschine. Da scheint also von Anfang an etwas in dem Mensch zu sein, das gelebt werden will.

Der erste, der an dieses „mehr" geglaubt hat und danach geforscht hat, war Sigmund Freud. Er nannte dieses „mehr" das ES. Das ES ist allerdings in seiner Theorie ein ziemlich ungestümer Zeitgenosse und muss deshalb dauernd vom ÜBER-ICH kontrolliert werden. Und das arme ICH in der Mitte hat die Aufgabe, zwischen diesen beiden Polen zu vermitteln, deren Konflikte auszugleichen und für den Menschen erträglich zu machen. Dabei muss sich das ICH manches Mal selbst austricksen.

Aus dem tiefenpsychologischen Ansatz von Freud hat sich viele Jahre später – vorangetrieben durch den Italiener Roberto Assagioli – eine weitere psychologische Sichtweise entwickelt.

Die Psychosynthese. Dort und in einigen anderen humanistischen Lehren habe ich mein Zuhause. Diese psychologischen Richtungen verwenden den Begriff des [SELBST], das ist das, was der Mensch IST. Und dann gibt es noch die PERSÖNLICHKEIT, das ist das, was der Mensch nach außen ZEIGT, was z.B. durch dich als Entwicklungshelfer, aber auch durch die gesamte Umwelt geprägt wurde.

Viele Menschen verwechseln diese Begrifflichkeiten und meinen, dass das, was wir als Persönlichkeit nach draußen von uns zeigen, auch automatisch wir selbst seien. Diese Menschen wundern sich dann immer, wenn ihr Gegenüber plötzlich mal eine ganz andere Seite seiner Persönlichkeit zeigt. Oder etwas tut, das angeblich gar nicht zu ihm passt, er aber unsäglichen Spaß dabei hat. Oder wenn sie an sich selbst feststellen, dass sie „irgendwie gar nicht richtig glücklich" sind. Obwohl doch alles im Grunde perfekt ist. Meistens ist es dieses Wörtchen „irgendwie", das deutlich darauf hinweist, dass sich hier möglicherweise das [SELBST] im Menschen regt und versucht, durch die relativ starre, äußere PERSÖNLICHKEIT hindurchzuscheinen.

Ein guter Beweis für die Existenz des [SELBST] findet sich auch kurz vor dem Tod eines Menschen. Ganz oft verändert der Sterbende sich dann noch mal, wird plötzlich milde, weniger einschüchternd, möglicherweise einsichtig und versöhnlich. Wenn die Persönlichkeit am Ende des Lebens plötzlich Kraft verliert und durchlässig wird, hat das [SELBST] endlich die Chance, sich zu zeigen!

Wäre es nicht viel schöner, wenn sich das [SELBST] – also ich! – schon mal etwas früher im Leben zeigen dürfte, eine Existenzberechtigung erhält und einen Raum zur Entfaltung bekommen könnte?

Genau deshalb sitzen wir zwei jetzt hier. Du bist auf der Leser- und Zuhörerseite; ja und ich, ICH bin der Erzähler und plaudere jetzt mal ein bisschen was aus dem Nähkästchen der kindlichen Psyche. Und dann gucken wir mal, ob dein Kind da nicht deutlich von profitieren wird, wenn du und ich uns besser kennen!

Die Natur hat an alles gedacht – das epigenetische Entwicklungsmodell

Jetzt aber zurück zu den Grundlagen. Du weißt ja schon ganz sicher jede Menge über die ersten biologisch gesteuerten Dinge, die dein Kind künftig machen wird. Die Psychologen haben das im **„epigenetischen Entwicklungsmodell"** zusammengefasst. Das Modell beschreibt, dass jeder Schritt der kindlichen Entwicklung immer sowohl von inneren Reizen als auch von Reizen aus der Umwelt gesteuert wird. Zum Beispiel, wenn unser Kind nach der Geburt durch den biologischen Saug- und Suchreflex beginnt, seine psychische „orale Phase" einzuleiten. Oder wenn es dich später so nett anlächelt – das ist das „soziale Lächeln" des Kindes.

Dadurch bedingt sich die „Mutter-Kind-Dyade", eine natürlich angelegte Bindung zwischen Säugling und Mutter. Später, wenn dein Kind Interaktionen mit seiner Umwelt erfährt, indem es Geräusche zuordnet oder spricht … dann ist das aus psychologischer Sicht der Einstieg in die Erkenntnis, dass es einen Unterschied zwischen der inneren Welt des Kindes und der Umwelt gibt. Das hat das Ziel, eine Ich-Identität im Kind auszuprägen.

Du siehst also, alles Notwendige ist bereits ohne dein oder mein Zutun im Kind angelegt. Die Epigenetiker sind nun sicher, dass es von hoher Wichtigkeit ist, dem Kind die Chance zu geben, jede der bereits innerlich von der Natur vorbereiteten Entwicklungsstufen schön in Ruhe zu durchlaufen. Eine der Entwicklungsstufen auszulassen, sei gar nicht gut. Sie nur so eben anzukratzen und dann unbewältigt bereits in die nächste Entwicklungsstufe vorzupreschen, sei ebenfalls nicht gut. Die Begründung dafür ist, dass das Kind möglicherweise mit seinen sonstigen Sinnen noch gar nicht so weit ist, um den Anforderungen des nächsthöheren Entwicklungsschritts zu genügen.

Ein Beispiel: Wenn dein Kind ziemlich dringlich von dir zum Laufen angehalten wird und gar keine Zeit hat, erst mal in Ruhe krabbelnd seine Welt zu erkunden, dann sind möglicherweise seine Reaktionsschnelligkeit, seine Möglichkeiten, Gefahr zu erkennen oder seine räumlichen Sehfähigkeiten noch gar nicht genug ausgeprägt. Ihm fehlen also noch wichtige biologische Grundlagen und dadurch steht es dann sozusagen „laufend unter Stress".

So und nun kommt auch schon eine deiner wichtigen Verantwortlichkeiten: Hab Geduld! Lass dich nicht von irgendwelchen Krabbelgruppenmüttern verrückt machen, die erzählen, ihr Einjähriger nehme bereits an Wanderungen teil, während dein Kind noch krabbelt. Das ist weder eine Katastrophe noch ein Mangel an deinem Kind, sondern es ist nur ein Zeichen dafür, dass dein Kind die Entwicklungsphase, in der es gerade ist, erst mal genüsslich auskostet und sich für die nächste Phase stärkt. Ich sag es noch mal: ECHTE Geduld ist jetzt gefragt. ECHTE Gelassenheit. Denn ICH und das Kind spüren sehr, sehr flott, ob wir dir genügen oder nicht. Auch nur der leiseste Zweifel deinerseits an deinem Kind vermittelt dem Kind und mir, minderwertig zu sein und möglicherweise somit nicht liebenswert.

Deshalb, lieber Entwicklungshelfer, reflektiere dich, kontrolliere dich und missbrauche uns nicht, um dein Ego durch die vermeintlichen Entwicklungserfolge des Kindes aufzupolieren!

Drei Mann, ein Wort: Freud, Piaget, Erikson und die Entwicklungspsychologie

Es gibt drei wichtige, ältere Herren, die sich sehr umfassend damit beschäftigt haben, welche Entwicklungsphasen ein Kind durchläuft und was in diesen Phasen mit seiner Psyche (also mit mir!) so passiert.

Sigmund Freud (1856-1939), *Jean Piaget* (1896-1980) sowie *Erik Erikson* (1902-1994) haben der Entwicklungspsychologie große Dienste geleistet.

Weil ich annehme, dass du von mir jetzt nicht stundenlang die Theorien der Herren detailliert ausgeführt lesen möchtest, hab ich die Grundideen mal stark verkürzt und übersichtlich zusammengefasst.

Sigmund Freud habe ich ja vorhin schon mal erwähnt. Er ging davon aus, dass die gesamte Motivation zur Entwicklung immer etwas mit Lust zu tun hat, bzw. mit der Vermeidung von Unlust. Er beharrte als erster darauf, dass der Mensch nicht nur ein Bewusstsein hat, sondern auch ein Unterbewusstsein, das ihn beeinflusst. Sein Modell mit ES, ICH und ÜBER-ICH hatte ich ebenfalls schon erwähnt. Kennst du das überhaupt? Sicherheitshalber zur Auffrischung:

Das ganz unten, das ES, das symbolisiert das Wilde. Das Ursprüngliche, das Intuitive, das Lustvolle und Intensive, die Gefühle, den Egoismus, die Sexualität, die Gewalt. Man kann es sich auch vorstellen wie ein **Pferd**.

Ganz oben, das wiederum ist das ÜBER-ICH. Man kann es auch als den **Reitlehrer** bezeichnen. Das ist so einer wie du, nämlich eine Instanz, die von außen kommt. Von dieser Instanz kommen Regeln, Normen, Anleitungen, Forderungen und Moral.

Und das in der Mitte, das ist das ICH. Oder der **Reiter**. Oder eben, wie ich es nennen würde, das [SELBST]. Dieser Teil versucht dauernd, den aus den beiden anderen Kräften entstehenden Konflikt so zu lösen, dass er erträglich wird.

Seine Hilfsmittel dazu sind verschiedene mehr oder weniger neurotische Verhaltensweisen. Vielleicht kennst du einige der von Anna Freud (das ist die Tochter von Siegmund Freud) beschriebenen **Abwehrmechanismen**:

- **Verdrängung** (das kennst du ganz bestimmt: das machst du immer, wenn du etwas nicht wahrhaben willst, das dir Probleme bereiten könnte. Obwohl du es eigentlich besser weißt!)

- **Vergessen** (also nicht, wenn du etwas beim Einkaufen vergisst, sondern wenn sich Menschen z.B. an einige besonders schlimme Ereignisse gar nicht mehr erinnern können.)

- **Sublimieren** (wenn das, was du eigentlich gerne machen würdest, moralisch und gesellschaftlich nicht gerne gesehen ist und du es deshalb in etwas „umwandelst", was akzeptiert ist, z.B. bist du sehr aggressiv und würdest alles gerne kurz und klein schlagen. Weil das zu Problemen und Folgen führen würde, versuchst du stattdessen, deine Aggression im Sport auszuleben.)

- **Verschieben** (wenn du die Wut von der Arbeit mit nach Hause nimmst und dort wegen einer Nichtigkeit ausrastest und Geschirr zerschlägst.)

- **Projizieren** (das ist besonders interessant und sehr effektiv. Da bist du selbst schlecht gelaunt, willst es aber nicht sein, weil man eben nicht schlecht gelaunt ist, und schon sagst du dem Nächstbesten, der dir unter die Augen kommt, er wäre aber so was von mürrisch und würde sich wirklich unmöglich verhalten).

Das sind nur einige der vielen von Frau Freud beschriebenen Dinge, die das ICH oder eben das [SELBST] leisten, um dich von deinem Konflikt zwischen dem, was sein sollte oder gegeben ist und dem, was du gerne möchtest, zu befreien. Ganz schön pfiffig, oder? Grund genug, mich ernst zu nehmen!

Der nächste im Bunde ist **Jean Piaget**. Er forschte in Bezug auf die kognitive – also die wahrnehmende, erkennende und denkende – Entwicklung von Kindern. Dabei folgte er in weiten Zügen noch der gängigen Meinung der Behavioristen, die glaubten, der Mensch komme psychisch nackt auf die Welt. Allerdings hat er nachgewiesen, dass der Mensch, egal wo er unter welchen Umständen lebt, regelmäßig immer die vier gleichen Entwicklungsstufen durchläuft. Da diese Schritte bei jedem und überall so ablaufen, müssen die Anlagen dazu also schon bei der Geburt mit auf die Welt gebracht werden und können nicht nur durch die Umwelt erlernt worden sein.

Und dann als dritter: **Erik Erikson**. Der war wie Freud ein Tiefenanalytiker und hat das Freud'sche Modell der „psychosexuellen Entwicklung von Kindern" in sein eigenes Modell der „psychosozialen Entwicklung von Kindern" weiterentwickelt. Typisch für dieses Modell ist, dass Erikson die Entwicklungsphasen des Menschen immer in Gegensatzpaaren, dargestellt hat.

Ein Teil des Gegensatzpaares ist das, was optimaler Weise entsteht, weil der Mensch in einer psychisch vorteilhaften Umgebung lebt. Der zweite Teil ist dann das, was sich im „Worst Case" entwickelt.

Zwischen diesen beiden Gegensätzen liegt dann der Konflikt des Menschen, den er, wie auch in dem Modell von Freud, mit allerlei neurotischen Tricks und Verdrängungsmechanismen zu lösen versucht.

Die acht Hauptstadien der psychosozialen Entwicklung nach Erik Erikson:

Entwicklung von	Wann?
Vertrauen – Misstrauen	Kleinkind
Autonomie – Scham und Zweifel	Frühe Kindheit
Entschlusskraft – Schuldgefühl	Spielalter
Überlegenheit – Unterlegenheit	Schulalter
Identität – Verwirrung	Jugend
Vertrautheit – Isolation	Frühes Erwachsenenalter
Generativität – Stagnation	Erwachsenenalter
Integrität – Verzweiflung	Hohes Alter

Die Basis wird gleich am Anfang geschaffen – der Säugling

So, jetzt geht es los. Fangen wir mit dem Säugling und seiner Entwicklung an. Damit es schön verwirrend ist und weil ja auch jeder etwas Eigenes braucht, haben die drei Psychologen natürlich jeder eine eigene Bezeichnung für diese Entwicklungsphase im ersten Lebensjahr gewählt.

Bezeichnungen für die erste Entwicklungsphase	
Freud:	orale Phase
Piaget:	sensomotorische Phase
Erikson:	Vertrauen vs. Misstrauen

Allen gemeinsam ist die Einschätzung, dass bereits in dieser ersten und ganz frühen Phase die Grundlage für das Selbstwertgefühl gelegt wird, mit dem das Kind dann durch sein restliches Leben geht. Ja, du hast richtig gelesen. Kaum ist das kleine Kind da, schon geht es um mich. Um das [SELBST]. Die ersten Monate, in denen du dich nun um dein Kind kümmerst, sind über alle Maßen bedeutend und ich finde, du solltest dir dieser Wichtigkeit unbedingt bewusst sein. Nein, ich will dir keine Angst davor machen. Ist nicht so, dass, falls das erste Jahr möglicherweise bereits nicht so toll verlaufen ist, hier gleich Hopfen und Malz verloren wären. Jeder Tag mit deinem Kind bietet eine neue Chance, vieles richtig zu machen. Ganz sicher kannst du deinem Kind in seinem späteren Leben den einen oder anderen Gang zum Berater oder Therapeuten (obwohl das ja nette, hilfreiche Menschen sind!) ersparen, wenn du gleich zu Beginn reflektiert und verantwortungsvoll mit der Entwicklungshilfe loslegst.

Vielleicht hilft es dir, wenn du weißt, was dein Kind und ich in dieser ersten Zeit ganz besonders von dir und denen, die uns zusammen mit dir begleiten, benötigen:

Wir brauchen ein Gefühl von Sicherheit, von Geborgenheit und von Wohlbehagen. Sicherheit empfinden wir unter anderem dann, wenn unsere Tagesabläufe strukturiert sind, wenn wir uns darauf verlassen können, dass du da bist und dass du dich uns gegenüber gleichbleibend positiv verhältst. Unberechenbarkeit macht uns dahingegen unsicher. Wir finden es auch schön, wenn die, die sich um uns kümmern, nicht dauernd wechseln und wir nicht hin und hergeschoben werden.

Geborgenheit und Wohlbehagen kannst du deinem Kind und mir vermitteln, indem du uns Aufmerksamkeit schenkst. Oder wenn wir deine Körpernähe spüren dürfen und wenn du uns gut versorgst. Wir erfahren dadurch nämlich, dass wir etwas wert sind und dass wir geliebt werden. Geliebt einfach dafür, dass wir jetzt da sind und nicht, weil wir schon etwas Tolles oder Beeindruckendes leisten können. Diese Erfahrung von bedingungsloser Akzeptanz ist, wenn sie sich manifestieren kann, das sichere Fundament für das spätere, gesunde Selbstwertgefühl deines Kindes.

Schlaue Psychologen haben herausgefunden, dass bei fast allen Menschen, die im Laufe ihres Lebens psychische Erkrankungen und Störungen oder ausgeprägte psychische Krisen durchleiden, regelmäßig nur ein sehr schwach ausgebildetes Selbstwertgefühl vorhanden ist. So ist man sich einig, dass ein Fehlen stabiler sozialer Beziehungen und ein Mangel an Sicherheit und Geborgenheit später oft zu einer Ich-Schwäche (das bedeutet, dass man sich und seine Befindlichkeiten nicht von der Außenwelt abgrenzen kann) führen können. Auch sind depressive Verstimmungen, Suchtneigung, psychosomatische Störungen (dazu gehören viele Fälle von Migräne, Hautausschlägen, Reizdarm, etc.) sowie Hemmungen und Ängste nicht selten eine Folge dieses Mangels.

Es ist natürlich erleichternd zu wissen, dass diese Störungen alle gut therapeutisch zu behandeln sind. Aber wäre es nicht noch erleichternder zu wissen, dass dein Kind diese Störungen wahrscheinlich gar nicht erst erleiden wird? Wie das? Ganz einfach: Indem du als Entwicklungshelfer ein Kind großziehst, dass ein ausgeprägtes, ein starkes Selbstwertgefühl hat und somit die fremde Hilfe später gar nicht benötigen wird.

Lieber Entwicklungshelfer: Für dein Kind und für mich ist das mit der Sicherheit, Geborgenheit und den stabilen sozialen Beziehungen SEHR wichtig. Kostet nix, ist jederzeit anwendbar ... allerdings musst du natürlich selbst psychologische Stärke und ein gutes [SELBST]Wertgefühl mitbringen. Hast du das nicht, wirst du dich sicher unbewusst vor einem starken Kind fürchten und das mit allen Mitteln unbewusst verhindern. Dann sorgst du flugs dafür, dass es im Vergleich zu dir immer schön hilflos und wertlos bleibt und dich als vermeintlich stärkeren Menschen an seiner Seite braucht ... aber mal ehrlich: Bewusst kannst du das doch für dein Wunschkind nicht wollen, oder?

Jetzt erzähl mir nicht, du weißt ja selbst nicht genau, wie es deinem [SELBST] so geht und ob du dich nun wertig fühlst oder nicht ... Mensch! Dann frag bitte einen um Hilfe, der sich damit auskennt. Sieh zu, dass du dich selbst auf die Reihe bekommst, bevor du an unserem Kind und mir herumexperimentierst! Ein paar Stündchen Reflexionsarbeit mit einem Berater, Coach oder Therapeuten und schon bist du gleich besser aufgestellt für den neuen Job als Entwicklungshelfer!

Spickzettel: Einflüsse in der Säuglingsphase:

Wünschenswert	Risikoträchtig
Wohlbehagen, Sicherheit, Geborgenheit, Geduld -> **Selbstwertgefühl**	Fehlen stabiler sozialer Beziehungen -> **Angst, Ich-Schwäche, depressive Züge, süchtiges Verhalten, psychosomatische Erkrankungen**

Das [SELBST] zeigt sich:
das frühe Kleinkindalter

Bezeichnungen für die zweite Entwicklungsphase	
Freud:	anale Phase
Piaget:	prä-operationale Phase (Wahrnehmung definiert die Realität, Kind nimmt Eindrücke und Geschehnisse als gegeben und kann noch nicht hinterfragen oder relativieren)
Erikson:	Autonomie vs. Scham und Zweifel

Entwicklungsschritte	
Phase der Reinlichkeitserziehung und des Trotzes	Nein-> Mein -> Ich

Hast du das Wort „Trotz" oben gelesen und hat dich sofort ein leichter Anflug von Panik ergriffen? Du denkst an die Trotzphase, oder? Und dann noch das Schaudern beim Begriff „Reinlichkeitserziehung"? Ja ja, dein Kind und ich wissen es: DAS ist die Phase, in der wir ziemlich anstrengend für dich sind. Wahrscheinlich wird in dieser Zeit für dich nichts raumeinnehmender sein als das Thema „Töpfchen". Das ist der Krabbelgruppengesprächsstoff Nummer eins. Der kleine Kacker der Nachbarin kann schon aus Töpfchen ... nur dein Kind wieder nicht ... Hör mal, Entwicklungshelfer: dein Kind und ich, wir WOLLEN einfach noch nicht! Wir sind noch nicht so weit. Mach dich mal locker jetzt. Denn dieser ganze Stress überträgt sich von dir auf dein Kind und ist auch gänzlich unnötig. Bisher ist noch jeder irgendwann trocken geworden (nun ja, zumindest so lange, bis sich das im hohen Alter wieder zurückentwickelt). Was macht es denn für einen Unterschied, ob dein Kind nun besonders flott aufs Töpfchen kann oder lieber noch genussvoll die Windel füllt? Es ist doch bloß eine faule Ausrede, dass die Windeln so teuer sind und überhaupt, dass es ja auch so viel Arbeit ist mit dem dauernden Hose-Saubermachen. Alles Quatsch, darum geht es dir doch gar nicht wirklich. WIR, also dein Kind und ich, wir sind keine Maschine. Wir sind auch nicht dazu da, dass du dich im Krabbelkurs profilieren kannst. Und wenn du nun versuchst, uns das Töpfchen schmackhaft zu machen, indem du uns, beziehungsweise der gut gefüllten Hose, mit Ekel und Abscheu begegnest oder uns gar ausschimpfst, dann bringst du uns auf den besten Weg, später mal zwanghafte, starrköpfige oder schamhafte Züge an den Tag zu legen. Und du willst sicher nicht, dass sich dein erwachsenes Kind später hundertmal täglich die Hände wäscht, oder zwanzigmal kontrolliert, ob auch die Herdplatte aus ist. Oder aber, dass es sich permanent auf den Zustand seiner Verdauung fixiert. Willst du nicht, oder? Wenn du es nicht willst, dann bitte: Lass uns Zeit. Es wird mit dem Trockensein schon nicht dauern, bis wir vier sind.

In der frühen Kleinkindphase gibt es noch eine weitere, ganz wichtige Entwicklung. Wenn es besonders hart für dich kommt, findet sie sogar gleichzeitig mit der beschriebenen „Töpfchen-Sache" statt. Denn jetzt kommt unsere Trotzphase, also eigentlich die des Kindes natürlich, doch für mich ist sie ungeheuer wichtig. Und in dieser Phase testen wir dich. Gründlich. Auf Herz und Nieren.

Dafür bekommst du die Chance, einen imaginären Märtyrer-Orden zu erhalten. Du kannst mal alles geben und du tust es auch noch für einen richtig guten Zweck. Wenn das keine Motivation ist! Diese Trotzphase hat nämlich eine sagenhaft große Bedeutung für uns. Vor Beginn dieser Phase hat sich das Kind als totale Einheit mit seiner Mutter oder Hauptbezugsperson gefühlt. Es war Teil der schon erwähnten Mutter-Kind-Symbiose. Da gab es noch keine Individualität, keine Abgrenzung zwischen Eltern und dem [SELBST] des Kindes.

Das kann aber ja nicht immer so bleiben, deshalb bringt uns die innere Entwicklung dazu, dass wir uns jetzt langsam aber sehr zielstrebig und sicher als eigenen Menschen erkennen. Wir entwickeln Autonomie. Du brauchst aber keine Angst zu haben und befürchten, dass wir dich jetzt nicht mehr oder nur noch weniger brauchen. Das ist nur deine gefühlte Wahrheit, da kann ich dich beruhigen. In Wirklichkeit brauchen wir dich nicht weniger, sondern wir brauchen jetzt etwas anderes von dir, was nicht immer leicht für dich ist. Ob es dir schwerfällt, hängt in großem Maß mit deiner eigenen Befindlichkeit, deiner eigenen psychischen Verfassung zusammen. Bist du in dir gefestigt und leidest nicht unter Angst um deine

Existenzberechtigung im Leben deines Kindes, dann fällt es dir viel leichter, das Kind durch diese wichtige Phase zu begleiten.

Es ist immens wichtig, dem Kind in dieser Phase zu zeigen, dass du trotzdem da bist. Egal, ob es „nein" sagt oder sich durch seine neu gewonnene Bewegungsfähigkeit laufend von dir wegbewegt. Dein Kind sollte feststellen, dass du nicht gleich beleidigt bist, bloß weil es mal etwas nicht will. Dass du nicht mit Liebesentzug reagierst, weil das Kind einen eigenen Weg, einen eigenen Willen sucht.

Liebesentzug, beleidigte oder sich zurückziehende Erwachsene sind negative Erfahrungen für das Kind. Diese Erfahrungen können dazu führen, dass dein Kind daraus lernt: „Wenn ich eigene Wege gehe oder meine eigenen Bedürfnisse durchsetze, dann ist das etwas Schlechtes und ich werde nicht mehr geliebt." Ich bin sicher, dass du zahlreiche erwachsene Menschen kennst, die diese Schlussfolgerung verinnerlicht haben und dadurch nicht glücklich werden können.

Auch kann ich nicht empfehlen, den Trotz deines Kindes um jeden Preis oder unter Androhung von Strafe zu brechen. Du tust das vielleicht, um dir selbst (und anderen!) zu beweisen, dass du der Chef im Ring bist. Das solltest du dir für ganz wenige extreme Notfälle aufsparen. Denn wenn der natürliche Trotz deines Kindes sehr massiv gebrochen wird, kann es später zu schwierigen Verhaltensweisen wie Aggressivität, Starrsinn oder Rücksichtslosigkeit führen. Natürlich kannst du dir nicht alles von deinem Zögling vorschreiben lassen und einem Dreijährigen die Leitung des Familienlebens übergeben. Das wäre völlig unverantwortlich. Aber in vielen

Fällen kannst du – wenn du denn entspannt bleibst – die Situation elegant und geschickt lösen. Und deine eigenen Nerven werden dabei auch geschont. Wie das gehen soll? Lass deinem Kind wann immer es möglich ist und keine existenzbedrohenden Folgen hat, seinen Trotz („Ich esse heute kein Butterbrot!") und zeige ihm die daraus resultierenden Konsequenzen (es gibt auch nichts anderes zu essen, also hat dein Kind dann später Hunger). So lernt dein Kind also zwei Dinge in einem: Ich kann einen eigenen Willen haben, der mir auch zugebilligt wird, doch ich muss die daraus resultierenden Konsequenzen auch ertragen.

Falls sich dein Kind dann also demnächst mal schreiend, sich mit Händen und Füssen wehrend, auf dem Fußboden im Kaufhaus wälzt und partout jetzt nicht in die Kinderabteilung will, dann bitte nicht schimpfen (das Kind hört nur den unfreundlichen Ton und den Liebesentzug!). Und erst recht nicht mit einem kleinen Kind diskutieren. Erstens ist es vom Verstand her noch gar nicht dazu in der Lage, die logischen Vorteile des Gangs in die Kinderabteilung nachzuvollziehen und zweitens geht es hier gerade für das Kind um etwas viel Wichtigeres und ganz anderes.

Worum es geht, wenn es sich trotzig und publikumswirksam deinen Wünschen widersetzt?

Ganz einfach:

Aus „NEIN" wird „MEIN"

Und aus „MEIN" wird „ICH"

Akzeptiere, wenn es irgendwie geht, das NEIN deines Kindes, damit es ein starkes ICH entwickeln kann. Auch, wenn es schwerfällt. Und immer schön vor Augen halten, welche Heldentat du damit gerade leistest.

Und mit dem Gedanken im Hinterkopf, dass du gerade ein Held bist, sind die vorwurfsvollen Blicke der anderen Kaufhausbesucher dann auch ruckzuck in Bewunderung und Neid uminterpretiert und schon geht es dir wieder besser. Und wenn es dir besser geht, merkt auch dein Kind, dass es dich nicht aus der Ruhe bringen kann. Und stellt seinen Versuch, ob es ihm gelingen könnte, eher wieder ein. Glaub mir, das ist wichtig, dass du das so verinnerlichst. Denn diese psychologisch wirklich wertvolle Abgrenzung deines Kindes beginnt zwar jetzt, im Trotzalter, doch diese Phase kann länger dauern. Und ist sie durchstanden, kommt sie in abgeänderter Form in der Pubertät des Kindes nochmal auf dich zu.

Heißer Tipp für deine Seelenruhe: sofort taube Ohren bekommen, wenn eine Krabbelgruppenmutter sich über ihr völlig trotzphasenfreies, liebes Kind freut und unterschwellig vermitteln will, dass sie im Gegensatz zu dir alles richtig macht. Macht sie nicht. Das „liebe Kind" ist sicher für die Mutter bequem und einfach. Doch für die psychische Gesundheit des Kindes ist sein völlig selbstloses, unauffälliges Verhalten nicht gut. Da wird eine existenziell wichtige Phase der psychischen Entwicklung einfach übersprungen.

Da dein Kind in dieser Phase seiner Entwicklung ja sehr aktiv ist und ganz viel an Entwicklung einfach so geschieht, ist es wichtig, sein Verhalten mit Augenmaß zu betrachten. Insbesondere die im unten stehenden

Merkkasten genannten Begriffe „Misserfolg" und „Bewältigung von Aktivitäten" sind sehr prägend für das [SELBST] deines Kindes – also für mich! Natürlich hat jeder Entwicklungshelfer den Wunsch, dass sein Kind sich ganz besonders gut und schnell und vielleicht auch besser als andere Kinder entwickelt. Alles, was das Kind schon gut oder besser kann, wird immer wieder stolz erwähnt. Und insgeheim hofft vielleicht auch jeder, ein Wunderkind geboren zu haben.

Selbstverständlich wäre des Gegenteil davon auch nicht gut, also wenn du das Kind überhaupt nicht fördern würdest und seinen natürlich Erfahrungs- und Wissensdrang nicht unterstützt. Dazwischen das richtige Maß zu finden, ist nicht einfach. Es ist eine Gratwanderung. Es besteht immer die Gefahr, dass du schnell mit dem Verstand und aus der Sicht eines Erwachsenen urteilst und dein Kind dadurch – natürlich nur mit den besten Absichten – überforderst. Plötzlich kommen dir vielleicht Gedanken wie: „Da muss es sich halt etwas mehr anstrengen, dann wird es schon gehen." Oder: „Das klappt bei meinem Kind nicht so gut, DAS kann es aber gar nicht." Oder: „Kein richtiger Junge, der nicht auf den Baum klettern kann" und „Kein richtiges Mädchen, das nicht den schönsten Stern im Kindergarten bastelt."

Lieber Entwicklungshelfer, sei wachsam! Es passiert sehr leicht, beim Kind Zweifel an den eigenen Werten, also [SELBST]Zweifel, zu wecken. Oder dem Kind das Gefühl zu vermitteln, nicht gut genug zu sein. Das, was jetzt gesät wird, wird dein Kind sein ganzes Leben lang begleiten. Ist der Acker des [SELBST]Wertgefühls gut bestellt, kann dein Kind sein Leben lang davon ernten! Weißt du, Lob muss gar nicht objektiv sein oder einem Vergleich mit anderen Kindern standhalten. Es muss lediglich ehrlich sein, chronisches gänzlich ungerechtfertigtes Loben führt auch zu keinem guten Ziel. Aber bei der Bewertung zählt nicht, was am Durchschnitt gemessen toll ist, sondern es zählt, was an der individuellen Leistungsfähigkeit deines Kindes gemessen toll ist. Und wenn du meinst, da sei nichts toll, dann kann es sein, dass du noch nicht an den richtigen Stellen gesucht hast. Vielleicht hilft es, mal einen Blick auf die unbeleuchteten Teilen von mir zu werfen. Auf die Teile vom [SELBST] deines Kindes, die du bisher im Schatten hast liegen lassen, da du eine feste Vorstellung von deinem Kind und dem, was gut und schlecht an ihm ist, hast. Das ist ein spannendes Feld. Ich werde das im zweiten Teil meines Buches noch mal ausführlicher erläutern.

Spickzettel: Einflüsse im frühen Kleinkindalter:

Wünschenswert	Risikoträchtig
Kind kann die die angebotenen Aktivitäten und Forderungen bewältigen -> **Autonomie**	Überforderung, erlebte Misserfolge, Brechen des Trotzes -> **Aggressivität, selbstschädigende Tendenzen, Zwangsneurosen, Starrsinn**

„Must-haves" – was braucht der Mensch in seiner Entwicklung?

Jetzt habe ich dir aber wirklich jede Menge aus den Nähkästchen geplaudert. Ich brauche eine Pause, deshalb bist du jetzt mal dran.

Was denkst du, braucht so ein kleiner Mensch denn nun alles in seiner Entwicklung? Mir geht es jetzt nicht um die materiellen Dinge wie: Kinderwagen, Dach über dem Kopf, Kuscheldecke und selbst gestrickten Pulli von Oma. Nein, ich möchte wissen, ob dir vielleicht etwas einfällt, was an psychologischen Dingen wichtig sein könnte, damit (d)ein Kind sich psychisch gesund entwickeln kann. Ich bin sicher, du hast zuvor alles wachsam gelesen und bist inzwischen ein Fachmensch in diesem Bereich!

Hier ist Raum für deine Notizen:

_____

_____

_____

_____

Natürlich haben sich schon alle möglichen Psychologen in der Vergangenheit Gedanken darüber gemacht, was ein Kind essenziell alles braucht. Ein Harvard-Professor, Herr Kenneth Gergen, hat das in 1994 mal umfassend ausgeführt. Ich tippe aber, du willst jetzt keine dreistündige Ausarbeitung dazu mit Originalzitaten und Lehrsätzen lesen. Deshalb für den eiligen Leser: eine Art „best of". Vielleicht sind ja auch – etwas abstrahiert – einige der von dir aufgeschriebenen Dinge mit dabei.

Was braucht der Mensch in seiner Entwicklung?

Sicherheit im Bindungssystem
Soziales Miteinander
Anregung und gewähren lassen
Zuneigung und Bestätigung

Sicherheit im Bindungssystem

Nein, das hat jetzt nichts mit Sicherheitsgurten zu tun, sondern das sind gleichbleibende, vertraute Bezugspersonen aller Art. Also nicht nur Mutter und Vater, sondern auch die weitere Verwandtschaft, der Freundeskreis oder später z.B. eine vertraute Kindergärtnerin. Im Umkehrschluss bedeutet das aber auch, dass ein ständiger Wechsel in diesem Bereich für dein Kind und mich eine echte Herausforderung darstellt. Du kennst das vielleicht von Scheidungskindern. Oder von Kindern, die immer nur „wegorganisiert" werden. Mag sein, dass die später besonders aufgeschlossen werden, sich schnell an neue Situationen anpassen können und sich sehr leicht in Gruppen integrieren. Doch oft fehlt da einfach ein fester Kern, ein vertrauensvoller und sicherer Punkt im Leben. Den haben dein Kind und ich sehr gerne, er gibt uns Wurzeln, aus denen wir wachsen können und die uns im Leben verankern.

Auch ist ein ständiger Wechsel von Betreuungspersonen zumindest aus psychologischer Sicht für sehr kleine Kinder nicht vorteilhaft. Das soll jetzt nicht heißen, dass, wenn es nach deinem Kind und mir gehen würde, alle Last ausschließlich auf der Mutter zu liegen hat und diese rund um die Uhr um das Kind kreisen sollte. Doch lass dein Wunschkind zumindest während der ungefähr einjährigen Mutter-Kind-Symbiose-Phase bei der Mutter bleiben. Man kann den einen Teil einer Symbiose nicht einfach beliebig täglich austauschen.

Natürlich gibt es immer auch sachliche Gründe, warum ein Kind regelmäßig abgegeben wird. Sind diese existentiell und schwerwiegend, dann geht es eben nicht anders. Dein Kind wird die Wichtigkeit spüren und sich trotzdem gut und gesund entwickeln.

Der Vater fühlt sich manchmal in dieser symbiotischen Zeit ein bisschen „außen vor". Nicht selten ist das auch eine Belastungsprobe für die elterliche Beziehung. Es ist wichtig, dass auch der Vater Aufgaben der Brutpflege übernimmt, die möglicherweise die Mutter entlasten können. Je mehr sich der Vater in dieser Zeit einbringt, umso eher wird er – wenn sich die Welt des Säuglings dann langsam vergrößert – als nächste enge Bezugsperson wahrgenommen werden.

Natürlich werden dein Kind und ich auch erwachsen, wenn die Symbiose sehr früh aufgebrochen wurde. Doch häufig fühlen wir uns etwas haltlos, etwas ungeliebt. Selbstverständlich liebt dein Kind dich und wird – weil alles was Eltern machen aus Sicht des Kindes wundervoll ist – Verständnis für den Bruch aufbringen. Aber unser Herzenswunsch ist es nicht. Außerdem ist die Phase ja gar nicht so lang. Flugs wird die Kinder-Welt größer, es gibt andere Menschen für dein Kind, es gibt eine Umwelt. Das führt dann zum zweiten Punkt.

Soziales Miteinander

Damit ist nicht so sehr gemeint, dass unser Kind möglichst schon sehr frühzeitig dauerndes Entertainment und die ultimative Geselligkeit erleben möchte. Es geht mir eher darum, dass dein Kind erfährt, dass es in ein soziales System gehört. In eine Familie. Oder in einen Kreis, der es umgibt. So lernt dein Kind, wie Menschen miteinander umgehen. Da hast du als Entwicklungshelfer eine absolute Vorbildfunktion. Unterschätz mal nicht, wie zügig dein Kind spürt, ob du und dein Partner rücksichtsvoll und mit Wertschätzung miteinander umgehen, oder ob ihr euch ignoriert, schikaniert oder gegeneinander intrigiert. Auch merkt dein Kind rasend schnell, wie Rollenbilder für Mann und Frau aussehen könnten, welches Verhalten wann in welcher Weise adäquat ist.

Denk immer daran: Vor deinem Kind versteckst du nichts, absolut gar nichts. Ich fungiere als eine Art Detektor für alles, was unecht, gespielt oder vorgetäuscht ist. Das spürt dann dein Kind. Und wenn du ihm gegenüber dann das Gegenteil behauptest, nun ja werter Leser, dann wird es beginnen, nicht an dir, sondern an MEINER Vertrauenswürdigkeit, also an seinem eigenen [SELBST] und seinen Gefühlen zu zweifeln. Nicht schön. Und sicher gar nicht das, was du für dein Kind willst. Ich gebe dir im zweiten Teil des Buches noch ein paar Beispiele zur Verdeutlichung.

Anregung und gewähren lassen

Damit sich dein Kind entwickeln kann und damit ICH in seinem Leben reichlich an Raum erhalten kann, benötigt es Anregung. Aber bitte nicht die totale Bespaßung, den Kinderfreizeitstress. Du bist ja nicht Animateur deines Kindes, sondern du willst ihm bei seiner Entwicklung helfen. Der Begriff „Anregung" meint nicht, dass du alles fürs Kind komplett durchorganisierst und plants, sondern mit Anregung meine ich so eine Art Buffet. Biete dem Kind einfach mal ein Sortiment an Anregungen an. Was dein Kind brauchen könnte und was ihm Freude machen könnte, hast du intuitiv in dir und musst das nicht erst durch das Studium vieler Ratgeber üben.

Wie reagiert dein Kind, wenn du ihm Spielzeug, eine Rassel oder später Bauklötze gibst?

Und vor allem, wie reagierst du, wenn der Sohnemann dann nicht umgehend aus den Klötzen einen tollen Turm baut und du den künftigen

Stararchitekten in ihm erkennen kannst, sondern wenn er stattdessen genüsslich auf den Bauklötzen herumkaut?

Hast du mir gut zugehört bisher? Dann weißt du jetzt, was angesagt ist, in so einer Situation. Es steht auch in der Überschrift ... genau: gewähren lassen!

Anregung ist also nicht in allen Fällen auch Anleitung, wobei es natürlich auch in ganz vielen Bereichen nötig ist, das Kind anzuleiten (sich anziehen, Zähne putzen, Schnürsenkel binden, Haare kämmen ...). Hierbei ist Geduld empfehlenswert, denn wenn man dem Kind keine Ruhe lässt, die Anleitung in seinem Tempo umzusetzen, setzt man es unter Druck. Es wird ein ungeduldiger Mensch werden und hat keine Chance, seine Fähigkeit auszubilden, sich durch problematische Situationen eigenmächtig durchzukämpfen und eine Lösung für sich zu finden.

Bitte vermeide es, alles, was das Kind nicht kann, immer gleich negativ zu kommentieren. Vermeide es, die Sache stattdessen für das Kind zu erledigen, weil es so schneller geht oder du dem Kind Enttäuschung ersparen willst. Das tut mir und somit dem Selbstwertgefühl deines Kindes nicht gut. Denn wir bekommen ein Gefühl von Unzulänglichkeit.

Gewähren lassen heißt übrigens auch, dass du deinem Kind Freiraum lässt. Wenn es also munter das Krabbeln ausprobiert und sich an seiner Bewegungsfähigkeit freut, dann muss man da als Erziehungsmensch nicht dauernd „Vorsicht!", „Achtung!", „Bleib hier!" rufen und hinterherrennen, sofern nicht gerade eine gefährliche Treppe droht, eine Scherbe auf dem Boden liegt oder die sehschwache Oma um die Ecke geeilt kommt. Offen gesagt: Du musst das auch dem Kind gegenüber nicht sekündlich kommentieren: „Oh … pass auf! Vorsicht...ah, da, nicht an die Palme gehen!" Hör mal, Entwicklungshelfer, dein Kind versteht das vom Verstand her sowieso noch nicht. Alles was es von der Situation mitbekommt, ist deine ansteigende Panik und das klare Gefühl, dass du ihm das, was es da ausprobiert, nicht zutraust. Oder dass es aus irgendwelchen Gründen dafür noch nicht groß genug sein soll. Nicht groß genug? Wie soll es das verstehen? Dein Kind lernt erst im Alter von ungefähr fünf Jahren, Dinge in Relation zueinander zu bringen. Wie soll es da verstehen, dass man für irgendwas zu groß oder zu klein sein kann?

Wenn du dich jedoch stattdessen in Gelassenheit übst, dann spürt dein Kind, wie sehr du ihm vertraust, dass es alles schaffen wird. Und irgendwann wird es sich nach ein paar gekrabbelten Metern umdrehen, dich ansehen, erfreut feststellen, dass du noch immer da bist und sogar entspannt lächeln kannst. Und dann wird es zu dir zurückgekrabbelt kommen. Weil dein Kind das [SELBST] so will. Und nicht, weil du ihm das gesagt hast. Ist das nicht ein viel schöneres Gefühl für dich? Mal ehrlich?

Ist schon klar, dass du als Entwicklungshelfer dauernd Sorge um dein Kind hast. Schließlich liebst du es mehr als alles auf der Welt. Aber es gibt da auch Grenzen für diese Sorge. Und wenn du sehr viel von Sorgen, Ängsten, Befürchtungen und Unsicherheiten geplagt wirst, dann ist das vielleicht gar nicht deshalb, weil die Realität so grausam ist. Vielleicht ist da eher etwas, was in dir liegt, das dir Angst macht und das du mal genauer ansehen solltest. Deine auf das Kind projizierten Ängste tun ihm nämlich nicht gut. Angst und Selbstvertrauen sind Gegenpole. Sie sind unvereinbar. Und je mehr Platz die Angst, die du unreflektiert weitergibst, einnehmen kann, umso weniger Platz ist für Selbstvertrauen da. Bitte sei deshalb wachsam und trau dich, deine Sorgen und Ängste mal zu hinterfragen!

Zuneigung und Bestätigung

Diese beiden Punkte hältst du sicher für selbstverständlich, oder? Schließlich ist es doch total normal, dass Eltern ihr Kind lieben und es toll finden.

Wirklich? Lass und mal genauer hingucken. Also ich meine jetzt nicht die Eltern, die ihr Kind sichtbar ablehnen oder körperlich misshandeln. Ich denke hier an die vielen kleineren Momente des Neids, die zum Beispiel beim Vater entstehen, weil das Kind plötzlich die Mutter, die ja früher auch mal Geliebte und Partnerin des Vaters war, komplett in Beschlag nimmt und den Vater an die Seite drängt. Oder ich denke an die Mutter, die sich vielleicht plötzlich eingeengt fühlt. Sie hat das Gefühl, für sich selbst in der Konstellation der neuen Familie gar keinen Freiraum mehr zu haben. Oder ich denke an die Eltern, die ihre Kinder auch deshalb bekommen, weil es zu einer „perfekten" Ehe einfach dazu gehört, Kinder zu haben. Oder wenn sie schon eines haben, dann ein zweites bekommen, nicht weil sie es sich wirklich wünschen, sondern weil sie hören, es sei so wichtig, dass ein Kind mit Geschwistern aufwächst.

Solche Eltern bekommen also ihre Kinder eher aus gesellschaftlichen oder gar wissenschaftlichen Gründen. Nicht unbedingt deshalb, weil sie es selbst so wollen. Dann kann es schon mal mit der Zuneigung zum Kind, mit der Gelassenheit, etwa hapern. Glaub mir, lieber Entwicklungshelfer, auch dafür hat dein Kind äußerst feine Antennen. Die Idee oder das leichte Gefühl, möglicherweise gar nicht bedingungslos gewollt zu sein, manifestiert sich schnell im Kind. Und auch hier kannst du deinem Kind wieder mal nichts vormachen. ICH weiß es, ICH fühle es, und das Kind kämpft zwischen dieser empfundenen Wahrheit seines [SELBST] und der Wahrheit, die die Eltern ihm verkaufen wollen.

Das Folgenschwere für das Kind ist in so einem Fall erstaunlicherweise dann aber nicht die Realität (nämlich nicht so ganz gewünscht zu sein oder irgendwie zu stören). Deutlich folgenschwerer ist vielmehr, dass die Eltern dem Kind vermitteln, es liege mit seiner empfundenen Wahrheit falsch. Und das, obwohl sie selbst ahnen, dass die Empfindungen und Wahrnehmungen des Kindes ja eigentlich genau richtig sind.

Bitte sei dir deshalb stets bewusst, dass dein Kind alles irgendwie erfühlen kann. Es weiß so viel mehr, als dir recht ist. Deshalb ist es gut für mich und somit für dein Kind, wenn du es möglichst selten nötig hast, ihm etwas zu „verkaufen", sondern wenn du dich und deine eigene Wahrheit reflektiert hast und zu ihr stehst. Das ist dann Authentizität.

Ja ja, ich kann es schon hören, bevor du es ausgesprochen hast. Für Reflexion sei doch nun, kurz vor der Geburt oder mit dem gerade neuen Kind, wirklich keine Zeit. Wie solltest du dich gerade in dieser Zeit nun umfassend mit dir selbst beschäftigen? Jetzt sei doch eher die Zeit, in der man sich nur auf das Kind konzentriert.

Hm. Ich weiß ja, was du meinst. Aber überleg doch noch mal. Du hast ja nun schon sehr viel darüber gelesen, wie wichtig es für das Wohlergehen deines Kindes ist, dass du mit dir und deinem [SELBST] im Reinen bist. Die Zeit, die du also für die Reflexion deiner [SELBST] verwendest, IST Zeit für dein Kind. Du scheinst ja zu wollen, dass es deinem Kind dauerhaft gut geht, sonst wärest du meinem Geplauder nicht bis hierher gefolgt. Dann schaffe auch eine Basis dafür. Es ist ganz einfach: Deinem Kind geht es umso besser, je mehr DU dich mit deinem eigenen [SELBST] vertraut gemacht hast, dich kennst, dich schätzt, dir verzeihst, und nett zu dir bist ...

Wenn du das geschafft hast, dann macht das auch den zweiten Punkt aus meiner Überschrift, die **Bestätigung**, um so vieles einfacher. Die Sache ist ja nämlich die. Die wenigsten erwachsenen Menschen haben das Gefühl, dass sie besonders oft gelobt oder bestätigt werden. Tut das dann doch plötzlich mal einer, nimmt der Erwachsene meist zunächst an, dass das gar nicht ehrlich gemeint sei, der Andere sich geirrt habe oder aber der hinterhältige Andere hier auf jeden Fall etwas von einem will. Ist dir das auch schon mal passiert? Das Kompliment eines anderen, das Lob des Lebenspartners, die positiven Worte der Mutter – alles führte nicht zur Freude sondern zur Frage, was der andere jetzt wohl von einem wolle oder zwischen den Zeilen vermitteln will. Mal ganz im Ernst, lieber Entwicklungshelfer, was sagt das über deine eigene Wertschätzung dir [SELBST] gegenüber aus?

Und mit diesem Mini-Selbstwertgefühl versuch nun mal, einen anderen – hier besonders dein Kind – mit Anerkennung zu überhäufen. Das könnte schwierig werden. Trick siebzehn der meisten Erwachsenen ist es in diesem Fall, das Kind vordergründig über den grünen Klee zu loben. Okay, aus meiner Sicht ist das besser als gar kein Lob. Aber so ein unechtes Lob kommt gar nicht richtig bei mir an. Ich merk das nämlich. Und warne das Kind. Dein Kind und ich haben zwar nicht so viel Verstand wie du. Dafür haben wir aber ein sehr ausgeprägtes Gespür für Echtheit und Wahrheit.

Deshalb eine weitere Bitte an unsere Wunsch-Eltern: Gebt uns ehrliche Wertschätzung. Auch dann, wenn zum Beispiel der Ballett-tanzende Fünfjährige nicht exakt das ist, was der Vater sich so vorgestellt hatte. Wenn der Sohn daran Freude hat, dann ist es gut. Und es verdient echte Anerkennung. Auch dann, wenn Papa eigentlich einen Torwart wollte. Das sollte doch Papas Problem bleiben und nicht zum Problem des Sohnes werden, oder?

Das sehr Schwierige an der echten Anerkennung ist zugegebenermaßen, dass einem das besonders dann schwer fällt, wenn man selbst schwach ist und sich aus verschiedenen Gründen auch selbst minderwertig fühlt. Zwar wird dir irgendetwas in dir sagen, dass du dir ja wünschst, dein Kind möge es in Sachen Selbstvertrauen und Selbstwert mal besser haben als du, doch gleichzeitig ist es in gewisser Weise auch hochgradig bedrohlich für dich, wenn du dir vorstellst, dass da neben dir ein selbstsicherer, selbstbewusster Spross aufwächst.

Das mag auch der Grund dafür sein, dass insbesondere in der Pubertät

– quasi der zweiten Trotzphase, in der ich als [SELBST] noch mal so richtig Gas gebe, um ans Licht zu kommen und nicht in einer Persönlichkeit zu verhungern – Eltern an den Rande des Wahnsinns kommen. Denn die Eltern haben Angst um ihre eigene Wertigkeit, wenn der Selbstwert des Kindes jetzt plötzlich so ausgeprägt wird. Da muss man schon ganz schön in sich gefestigt sein, um auch diese zweite Märtyrer-Phase gelassen zu überstehen. Aber möglich ist es. Je mehr du DU bist, umso mehr kannst du dein Kind es [SELBST] sein lassen. Es tut dir ja nichts. Will doch nur spielen. :-)

Konstanz

In Zeiten ständiger Eile, Kurzlebigkeit von Beziehungen und Wahrheiten sowie im Zeitalter von Wegwerfen, Austauschen und Oberflächlichkeit will ich noch schnell ein Wort für die Konstanz einlegen. Für mich ist die nämlich wichtig – und somit auch für dein Kind.

Versteh mich nicht falsch, ich meine damit auf keinen Fall Statik und Spießigkeit. Doch ein paar fixe Regeln und etwas Routine machen deinem Kind das Leben etwas leichter und kalkulierbarer.

Es ist schwer für dein Kind zu verstehen, warum es das eine Mal supertoll ist, wenn es sich schon allein am Tischbein hochziehen kann, eine Woche später, wenn auf dem Tisch das Essen steht, die Oma aber dann vor Schreck fast ohnmächtig wird, wenn es sich wieder am Tischbein und der Decke hochzieht. Also liebe Regel-Setzer: entweder oder. Wir lieben Konstanz!

Wir finden auch gewisse feste Abläufe im Alltag beruhigend. So ein Tag ist ja für ein kleines Kind noch ziemlich lang und es passieren so viele Dinge. Da ist es schön, wenn bekannte Abläufe uns einen Weg durch diesen aufregenden Tag weisen. Für Kinder mit Verhaltensauffälligkeiten wie ADHS wird es regelmäßig empfohlen, aber auch für andere Kinder kann es förderlich sein, wenn der Alltag ein Mindestmaß an Konstanz bietet.

Jetzt wird es wieder anspruchsvoll für dich: Routine ist gut, sollte unser Kind aber auch nicht eingrenzen. Wenn es nämlich auf Beziehungspersonen stößt, die selbst ganz viel Angst vor Veränderungen, Flexibilität und Spontanität haben und deshalb in ihrem fixen Ablauf verharren, überträgt sich das auf das Kind. Denn ein Kind findet ja alles, was die Eltern tun, erst mal nachahmenswert und gut und setzt voraus, dass die Eltern sich mit gutem Grund so verhalten. Na ja, zumindest bis zu einem gewissen Alter des Kindes ist das so. Und schon lernt es, dass es scheinbar sehr gefährlich ist, wenn sich Veränderungen zeigen. Was für eine folgenschwere Fehlinterpretation des elterlichen Verhaltens. In Wahrheit hat doch der Erwachsene mit seiner Pedanterie einfach nur eine neurotische Lösung für seine eigene Angst und Unsicherheit gefunden. Von „guten Gründen" für das Verhalten fehlt jede Spur!

Hast du etwas an dir festgestellt, während du mir zugehört hast?

Falls du an einigen Stellen plötzlich ein diffuses Unwohlsein verspürt hast, könnte es sein, dass sich etwas in dir rührt. Noch kannst du es nicht konkretisieren, aber sicher wird es sich in den nächsten Tagen zu erkennen geben.

Falls du vielleicht wütend geworden bist, weil ich so offen mit dir gesprochen habe, dann hab ich wahrscheinlich einen Punkt in dir getroffen, an dem dein [SELBST] ebenfalls zu knacken hat. Und dir das dann durch dieses Wutgefühl signalisiert hat. Dein [SELBST] reagiert nämlich auf mich. So sind wir untereinander, wir [SELBSTs], bestens vernetzt und das ganz ohne Internet und „Social Media". Unser Medium ist das Gefühl, besonders die etwas stärkeren Gefühle aller Art.

Teil II

Licht, Schatten und Gewürzschränke – auf den Blickwinkel kommt es an!

Lieber Entwicklungshelfer. Genug der Theorie über dein Kind und mich. Jetzt bist du wieder an der Reihe. Ich habe eine weitere praktische Aufgabe für dich:

Du denkst bestimmt in letzter Zeit oft daran, wie es so sein wird, dein Leben mit dem neuen Kind. Wie wird sich das gemeinsame Leben weiterentwickeln? Ich möchte gerne von dir wissen, welche Träume und Vorstellungen du diesbezüglich so hast. Also z.B., was ihr gemeinsam machen werdet, wie du dir euer Verhältnis zueinander vorstellst, wie sich die Beziehung zu deinem Partner vielleicht verändert, wie ihr alle als Familie sein werdet. Wie möchtest du aus den Augen deines Kindes von ihm gesehen werden? Aber auch, welche Talente dein Kind haben könnte, welche Hobbies, welchen Beruf es wählen wird. Oder wie es viel später sein wird, wenn du alt bist, wenn dein Kind selbst einen Partner hat.

Hier ist Platz für alles, was dir dazu spontan einfällt:

_____

_____

_____

_____

_____

_____

Hm, da ist einiges zusammengekommen, nehme ich an. Ist schon beeindruckend, was alles schon an Wünschen und Ideen da ist, obwohl dein Kind noch gar nicht auf der Welt ist oder gerade erst geboren wurde. Wir lassen deine Notizen jetzt hier stehen, du merkst später schnell, wofür wir es noch brauchen werden.

Ich will dir nämlich noch etwas anderes erklären, etwas, das für dich und dein Kind und für alle Menschen in deren Entwicklung von Bedeutung ist. Und weil du mich, also das [SELBST], vielleicht trotz meiner vielen genannten Wünsche noch immer nicht so klar vor dir siehst und keine Vorstellung hast, WAS ich eigentlich bin, zeige ich dir jetzt mal etwas sehr Beeindruckendes:

Und? Beeindruckt? Also, das ist so ein neugeborenes Menschenleben. Es ist wie eine Erde. Ein Ball. Rund. Und auf der Oberfläche, da liegen ganz, ganz viele Eigenarten, Leidenschaften, Abneigungen, Vorlieben, Möglichkeiten, Verhaltensweisen, Ängste, Träume.

So in etwa:

Dein Kind (und du selbst natürlich auch) besteht also aus einer reichen Fülle an Möglichkeiten. Und nun kommen du und all die anderen Entwicklungshelfer ins Spiel. Denn Erziehung und familiäres Großwerden funktioniert so, dass du als Erwachsener aus deinem eigenen und ganz persönlichen Blickwinkel (das sind übrigens die Dinge, die du am Anfang des Kapitels aufgeschrieben hast) auf Möglichkeiten und Anlagen deines Kindes schaust:

Und dabei passiert ganz automatisch, dass dir DIE Dinge besonders auffallen, die deiner eigenen Sichtweise entsprechen, also die, die mit deinen eigenen Wünschen und Vorstellungen zusammenpassen. Wenn du selbst also z.B. besonders musikalisch bist und in eurer Familie schon immer viel musiziert wurde, dann wirst du, sobald dein Kind auch nur die ersten Anzeichen von Musikalität erkennen lässt, diese sofort wahrnehmen und dich freuen. Und dem Kind dann diese Fähigkeiten positiv spiegeln. Dieser Punkt auf dem [SELBST] deines Kindes – also auf mir! – wird dadurch besonders beleuchtet.

Es kann auch sein, dass du bei deinem Kind bestimmte Anlagen suchst, weil du diese gerne hättest (z.B. weil es ein Traum von dir ist), diese aber dort tatsächlich gar nicht oder nur sehr wenig ausgeprägt vorhanden sind. Das ist jetzt aus meiner Sicht nicht so wünschenswert, weil das Kind dann wahrscheinlich angestrengt versuchen wird, so zu sein wie du es möchtest, folglich also gegen sein [SELBST] leben wird. Das stete Leben gegen das eigene [SELBST] führt dann später nicht selten zu Burn-out-Problematiken. Oder aber das Kind wird an der Erfüllung deiner Wünsche scheitern und lernt daraus, dass es aus deiner Sicht folglich unzulänglich ist. Beides findet leider nicht selten statt.

Möglicherweise meinst du auch, im Wesen deines Kindes Züge zu sehen, die dir Sorgen machen. Deshalb willst du diese Eigenarten natürlich auf keinem Fall für dein Kind. Meistens sind das Teile, die DU in DEINEM [SELBST], fürchtest, weil du dich noch gar nicht hinreichend mit ihnen beschäftigt hast und weil dir deinerseits früher mal einer DEINER Entwicklungshelfer zu verstehen gegeben hat, dass diese Teile nicht gut seien.

Wenn du nun also dein Kind und seine bunte Palette an Möglichkeiten betrachtest, dann findest du etwas in den vorhandenen Eigenarten und Anlagen des Kindes, was mit deiner eigenen Sichtweise und deinen Wünschen gut zusammenpasst. Und dann spiegelst du durch deine Reaktion darauf deinem Kind, dass das, was es gezeigt hat, etwas Gutes ist. Das Kind fühlt sich nun also positiv bestätigt, was eine gute Sache ist.

Weiterhin spiegelst du deinem Kind, dass gewisse Verhaltensweisen (z.B. lieb sein, unkompliziert und anpassungsfähig sein oder auch ehrgeizig, fleißig und zuverlässig sein) aus deiner Sicht gute Verhaltensweisen sind, was dein Kind dann in diesem Verhalten bestärken wird. Du hast also, wie in der Grafik oben erkennbar, ganz viele Lichtkegel auf mich, also das [SELBST] deines Kindes geworfen und das Kind hat in diesen Bereichen, die es dir gezeigt hat, eine positive Spiegelung erfahren. Das ist erst mal gut.

Nun sind da aber auch noch etliche bisher nicht beleuchtete Bereiche auf dem [SELBST] deines Kindes. Diese liegen im Schatten. Das könnten zum Beispiel in sehr intellektuellen Familien die Bereiche des handwerklichen Schaffens sein. Oder in einer stark auf Gleichberechtigung ausgelegten Familie könnte das der weibliche Anteil des Mädchens sein. Oder in einer anderen Familie vielleicht das Rüpelhafte und Aggressive beim Mädchen, weil dort Mädchen eben lieb und zurückhaltend sein sollen. Oder das Aufbrausende beim Jungen, der immer nur Muttis Liebling und schön brav sein soll. In einer sehr erfolgsorientierten Familie sind es vielleicht die Lethargie und das Faulenzen, die im Schatten liegen.

All diese vom Betrachtenden gefürchteten Anlagen, die im Leben eines Kindes und eines Menschen aber durchaus ihre Berechtigung und vor allem auch ihre Notwendigkeit haben, werden erst mal nicht beleuchtet. Und damit sind sie dem Kind und dem späteren Erwachsenen als „Schattenseiten" nicht zugänglich. Scheinbar tauchen sie in der späteren Persönlichkeit des Menschen gar nicht sichtbar auf.

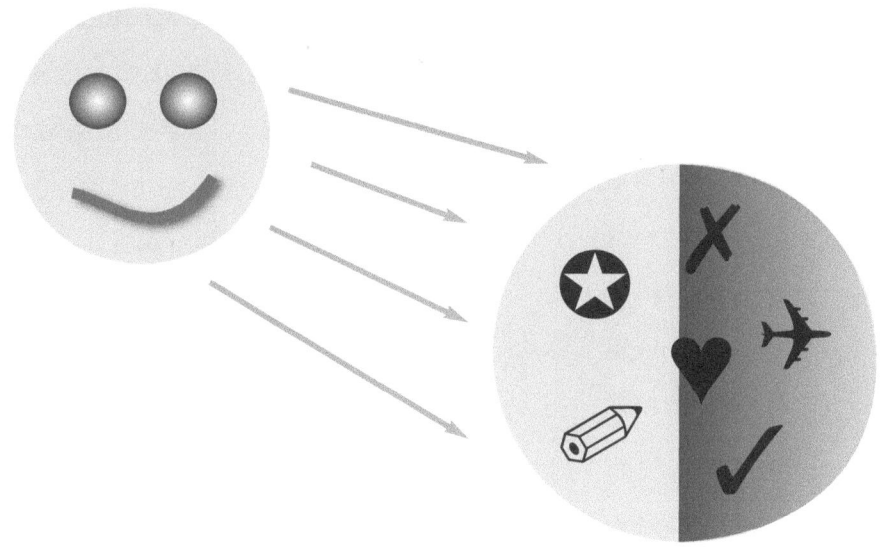

Wie du an der Grafik siehst, sind sie aber dennoch da. Ob nun im Licht oder im Schatten liegend. Denn sie sind Teil vom mir, vom [SELBST]. Die kann man nicht auslöschen. Jeder Mensch hat ein sagenhaft viele Anlagen und Eigenarten in sich – mehr oder weniger ausgeprägt und somit eben entweder im Licht oder im Schatten liegend. Und die Zuordnung der einzelnen Eigenarten hat, wie diese Beleuchtungstheorie verdeutlicht, sehr viel damit zu tun, wie diese Bausteinchen von der Umwelt gespiegelt und beleuchtet werden. Deutlich umfassender und somit etwas komplizierter hat das ein bedeutender Tiefenpsychologe, Carl Gustav Jung, (1875-1961) in seinen Arbeiten über die Schattenpsychologie beschrieben. Er war auch derjenige, der mich – das [SELBST] – als treibende Kraft der menschlichen Psyche entdeckt und bekannt gemacht hat. Damit war er für mich das, was du für dein Kind bist – ein Entwicklungshelfer.

Was passiert nun aber mit den Schattenpersönlichkeitsanteilen im Menschen? Ich geb dir mal ein Beispiel, dann wird das einfacher nachvollziehbar. Nehmen wir mal an, du bist ein nach außen sehr friedliebender Mensch, der es allen immer recht machen will und der sehr unkompliziert ist. Ausgesprochen verantwortungsbewusst bist du auch noch. Das sind ja üblicherweise sehr angenehme Zeitgenossen und die bekommen für dieses Verhalten auch jede Menge positiver Reaktion. Andere sagen dann: „Die Frau Müller, die ist immer sooo selbstlos. Wie die sich um Ihre Familie kümmert, fährt die Kinder überall hin, führt den Haushalt, arbeitet selbst noch einen halben Tag – und Zeit, um für ihre alte Mutter die Einkäufe zu erledigen, findet sie auch noch."

Tolle Frau also, die Frau Müller. Was ist aber jetzt, wenn Frau Müller gerade eigentlich mal keine Lust hat, noch eben was schnell ein Kind irgendwo hin zu kutschieren, für die Mutter einzukaufen oder für das Schulfest drei Kuchen zu backen?

Ich bin sicher, Frau Müller wird es trotzdem tun, denn sie ist es so gewohnt und sie hat fürchterliche Sorge, dass – wäre sie plötzlich mal nicht so selbstlos, hilfsbereit und perfekt – die Umwelt sie gar nicht mehr schätzen würde. Also ja, sie tut es trotzdem. Gegen ihren eigentlichen Wunsch. Und irgendwann fällt ihr auf, dass sie abends öfter mal diese entsetzlichen Kopfschmerzen hat. Oder sie hat, warum auch immer, jetzt häufiger diesen Reizmagen und einfach keinen Appetit. Und wenn ihr dann irgendwann alles zu viel ist, dann gibt es eine Migräne-Attacke. Oder einen Hautausschlag. Oder sie ist extrem nervös. Sehr selten, also da muss man sie wirklich schon sehr reizen, platzt dann auch alles aus ihr heraus und sie wirkt dann auf die anderen unangenehm hysterisch.

Hast du es erkannt? Manche nicht gelebten Schattenpersönlichkeitsanteile zeigen sich durch die sogenannten psychosomatischen Störungen. Das sind Krankheiten, die keine körperliche Ursache haben und bei denen der Hausarzt zwar etwas gegen die Symptome verordnen kann, aber auch nicht weiß, wodurch das Symptom körperlich begründet sein könnte. Versteh mich nicht falsch, lieber Entwicklungshelfer, psychosomatisch bedeutet nicht, dass man gar keine Krankheit hat und sich jetzt bitte nicht so anstellen soll. Nein, psychosomatisch bedeutet, dass die Psyche, also ich, das [SELBST], leidet, und sich dir durch körperliche Symptome zeigt. Krank bin dann im Grunde ich, aber ich zeige es dir oder deinem Kind oder sonst wem im Körper.

Das ist mein Trick. Wenn du nicht auf meine leisen Zeichen reagierst, muss ich eben massiver werden und mal etwas lauter bei dir anklopfen. Und wenn du gar nicht reagierst, klopf ich eben so laut, dass ich dich eine Weile außer Gefecht setze. Jetzt ist natürlich nicht jede Migräne-Attacke und jede Magenkrankheit eine geheime Botschaft von mir an dich, aber es ist ziemlich oft der Fall, dass ich mich auf diese Weise zu Wort melde. Die Teile von mir, die eine Frau Müller aus meinem Beispiel nicht lebt – nämlich ein gesunder Egoismus, sich abzugrenzen, „Nein!" zu sagen – wollen auch mal raus, wollen ans Licht und sich zeigen. Werden sie nicht beachtet, werden sie unangenehm, aufmüpfig und verursachen Probleme.

Es klingt jetzt logisch, Frau Müller vorzuschlagen, doch einfach mal

„Nein!" zu sagen, wenn ihr nicht danach ist oder einfach mal von den selbst auferlegten Einschränkungen ihrer Persönlichkeit Abstand zu nehmen. Das ist aber leichter gesagt als getan. Ich hab dafür großes Verständnis. Denn Frau Müller hat sich über die Jahre hin zu dem entwickelt, was sie nun ist und sie benötigt für ihre Stabilität und ihr Selbstwertgefühl nun auch die Anerkennung, die sie durch dieses einstudierte Verhalten ihrer Persönlichkeit erhält. Sie hat also eine sehr tief sitzende Angst, nicht mehr geliebt zu werden und nicht mehr wertvoll zu sein, wenn sie sich plötzlich anders verhalten würde. Ihr sogenanntes Bauchgefühl sagt ihr, dass es gar nicht gut wäre, ein wenig mehr an sich selbst zu denken. Und wahrscheinlich hat sie sogar schon das schlechte Gewissen, das sie plagen würde, vor ihrem inneren Auge.

Manchmal ist das sogar noch viel schlimmer und Frau Müller merkt gar nicht, dass ihr Verhalten ihr überhaupt Probleme bereitet. Sie merkt zwar, dass sie Magenschmerzen hat oder mal wieder hysterisch aufgetreten ist, aber sie sieht die Zusammenhänge zwischen den körperlichen Symptomen und dem psychischen Unwohlsein nicht.

Also wenn mich einer fragt, würde ich Frau Müller empfehlen, Reflexionsarbeit zu betreiben. Das ist so eine Art [SELBST]Betrachtung und kann, unter entsprechend fachkundiger Anleitung, helfen, überhaupt erst mal wieder die eigenen Bedürfnisse, die im Schatten liegen, zu erkennen und Kontakt zu ihnen herzustellen. Ohne Unterstützung ist das allerdings oft ziemlich schwierig, denn ihr jeweiliges Verhalten haben die Menschen ja schon jahrelang einstudiert und halten es daher für völlig normal.

Wenn der erwachsene Mensch dann diese eigenen Bedürfnisse wieder entdeckt hat und mit dem [SELBST] Kontakt aufgenommen hat, dann kann er versuchen, mich etwas mehr in seinen Alltag zu integrieren. Das passiert übrigens von selbst, ich bin dann da sehr geschmeidig und auch wieder trickreich, denn wenn der Mensch für sich erkannt hat, dass gewisse Situationen Unwohlsein bescheren, dann ist er ganz von selbst geneigt, dieses Unwohlsein zu verhindern. Und andersherum auch: Wenn der Mensch erst mal erlebt hat, wie schön es ist, wenn er und ich in einer Einheit leben, dann will er das immer wieder erreichen. Ich mache nämlich irgendwie auch süchtig ... na ja, vielleicht bin ich da auch etwas geltungssüchtig... :-)

Je mehr der Mensch dann also mit mir und all meinen Teilen, ob Licht oder Schatten, Kontakt aufnimmt, desto weniger bedrohlich werden die gefürchteten, im Schatten liegenden Bedürfnisse und Persönlichkeitsanteile dann auch. Die Unlust bricht also nicht mehr in übertriebener Form von totaler Lethargie und Verweigerung aus einem heraus, sondern sie ist einfach da. Sie wird wahrgenommen und der reflektierte Mensch wägt dann sehr bewusst ab, ob er dieser Unlust nun nachgeben kann, oder aber ob er sich besser zum Funktionieren zwingt. Manchmal geht Unlust nun mal gerade nicht, zum Beispiel wenn das kleine Kind schreit und Hunger hat. Der reflektierte Mensch hat dann aber die Möglichkeit, eine bewusste, eigene Entscheidung zu treffen und ist nicht fremdgesteuert. Schnell wird er sich damit besser fühlen. Möglicherweise wird er künftig durch geschickte Umstrukturierung des Alltags versuchen, Unlustsituationen, die zwingend erfüllt werden müssen, zu minimieren.

So, und um nun noch mal auf meine „Beleuchtungstheorie" zurückzukommen: Lieber Entwicklungshelfer, bitte versuch doch, auch die Seiten unseres Kindes zu beleuchten, die dir vielleicht zunächst mal nicht so angenehm oder bequem sind. Zeige deinem Kind nicht, dass das Seiten sind, die im Schatten vor sich hinvegetieren sollten. Denn diese Teile gehören auch zum [SELBST] deines Kindes. Je besser deinem Kind auch diese Seiten vertraut sind, umso besser kann es damit im Leben umgehen und umso weniger wird es von diesen Teilen beherrscht. Wenn du es schaffst – und das kannst du, das weiß ich! – deinem Kind zu vermitteln, dass wirklich alles an ihm liebenswert ist, allein deshalb, weil es ein Teil von ihm ist, dann wärest du ganz weit vorne bei der Unterstützung für ein gutes, gesundes Selbstwertgefühl deines Kindes!

Einen großen Teil seines [SELBST] zu verdrängen oder im Schatten liegen zu lassen, funktioniert zwar möglicherweise, solange du für das Kind verantwortlich bist und mit ihm lebst, doch im Laufe des Lebens deines Kindes werden sich nach und nach auch alle Schattenpersönlichkeitsanteile mal zeigen und dein Kind wird sich damit früher oder später ohnehin befassen müssen. Besser doch, wenn du es von vorneherein dabei anleitest, wie es geht und dass man sich nicht vor den unbekannten Anteilen fürchten muss.

So ein besonnenes Anleiten kann übrigens auch für dich einen zusätzlichen positiven Aspekt haben. Denn möglicherweise kannst du dadurch deinen eigenen Horizont erweitern, wenn du dich den Persönlichkeitsanteilen deines Kindes mindestens neutral näherst. Es ist zudem nicht unwahrscheinlich, dass du dabei auch in Kontakt mit deinen eigenen, bisher im Schatten liegenden Persönlichkeitszügen kommst. Das kann sehr freudvoll sein, denn die meisten Anteile sind völlig zu Unrecht auf die Schattenseite verbannt worden und gar nicht negativ oder unangenehm. Es können auch unentdeckte Talente im Schatten liegen, die erblühen können, wenn sie mal ans Licht dürfen. Oder Fähigkeiten, die zwar nicht immer, aber doch in bestimmten Situationen sehr hilfreich sein können. Zum Beispiel ist die Kenntnis deines Kindes über seine eigene Aggressionsfähigkeit sicherlich dann hilfreich, wenn es (sexuell) belästigt werden sollte. Hat es dann gelernt, NEIN zu sagen, nicht zu gehorchen und kann es dann auch noch laut schreien oder sich körperlich wehren, dann gereicht ihm dieses Potenzial in dieser Situation ganz sicher zum Vorteil!

Kennst du dieses Phänomen, dass das, wovor man totale Angst hat, dann, wenn man es einmal gemacht hat, meistens gar nicht so schrecklich war? Und dass man danach auch gar nicht mehr von der Angst beherrscht wird?

Genau so ist das mit mir. Wenn du mich, dein [SELBST] als Ganzes zulässt, also mit Licht UND Schatten, bin ich auch gar nicht mehr gefährlich, befremdlich oder furchteinflößend. Du kannst mich wie einen Gewürzschrank betrachten, der mit ganz vielen, ganz unterschiedlichen, teilweise exotischen Gewürzen gefüllt ist. Du kennst – nach einer längeren Phase der Reflexion – jedes Gewürz und bist, je nach vorgegebener Speisesituation, in der Lage, genau das herauszupicken, welches das Optimale aus der Situation herausholt. Und je besser du die Gewürze, deren Eigenarten und deren Potenzial kennst, umso besser weißt du, welches Gewürz in welcher Situation in welcher Dosis verwendet werden kann. Ist eigentlich ganz einfach!

Ganz schön viele Denkanstöße, oder? Lass dich nicht verwirren. Halte die Idee von Licht- und Schatten einfach immer im Hinterkopf, wenn du dich deinem Kind zuwendest. Ausgestattet mit diesem Rüstzeug wird es dir gelingen, deinem Kind dabei zu helfen, sein gesamtes [SELBST] als großes Potential zu erkennen – eben als einen prall gefüllten Gewürzschrank für alle Fälle.

Familientheater
– von Rollenspielen, Starbesetzungen und der Schwierigkeit, sich trotz starker Regisseure [SELBST] zu entwickeln

Jetzt haben wir wirklich schon gemeinsam eine ganze Menge durchgearbeitet. Das, was mit mir in deinem Kind geschieht und warum du es dabei unterstützen solltest, mir Raum zu geben. Dann hab ich dir meine Beleuchtungstheorie von Licht und Schatten erklärt und darauf hingewiesen, was deine Wünsche für dein Kind bedeuten.

Jetzt will ich dir noch etwas über das Theater erzählen. Nein, keine Sorge, nicht über Opern und Ballettabende. Ich rede über das Familientheater, in dem du Zuschauer und Akteur, aber viel zu selten Regisseur bist. Das gilt auch für dein Kind, um das es hier ja hauptsächlich geht.

In jeder Familie, jeder Gruppe, gibt es unbewusste Aufträge, die an den, der neu in die Gruppe hineinkommt – hier also das Kind – vergeben werden. Das kann man auch als Rolle bezeichnen, in die das Kind als neues Mitglied der Gruppe hineingedrängt wird, ohne dass es ihm oder auch nur einem einzigen der anderen Gruppenmitglieder bewusst ist.

Ich erkläre das nochmal anders: Jede Gruppe benötigt einen Starken, einen Schwachen, einen Kreativen, einen Ausgleichenden, einen Planenden, einen Störenden, usw.. Je nachdem welche der Rollen nun schon vor der Geburt des Kindes vergeben sind, bekommt das Kind nun also eine der verbliebenen Rollen zugewiesen. Dabei wird das Kind aber leider nicht für die Rolle aufgrund seiner besonderen Fähigkeiten ausgewählt, sondern die Rolle muss schlicht irgendwie besetzt werden, sonst klappt das mit dem Theaterstück nicht.

Ein Beispiel:

Das Kind spürt in dieser Konstellation, dass der Vater von der Mutter an den Rand gedrückt wird. Der Vater kann sich selbst im Familienleben nicht entfalten und er fürchtet sich möglicherweise vor den Wutausbrüchen und Sticheleien der Mutter. Natürlich geht das auch in umgekehrter Besetzung. Einer ist stark, einer wird eingeengt.

Das Kind – egal wie jung – spürt das Ungleichgewicht zwischen den Eltern sehr schnell und es betrachtet es als seine Aufgabe, ein Gleichgewicht herzustellen. Es könnte nun also versuchen, sich schützend vor den Vater zu stellen. Da die Rolle des Starken hier im Beispiel aber schon an die Mutter vergeben ist, ist das eher unwahrscheinlich, besonders solange das Kind noch klein ist. Ein anderer Lösungsansatz des Kindes wäre, zum Beispiel durch sehr auffallendes Verhalten (Aggressivität, Hyperaktivität, Schlafauffälligkeiten, Zerstörungslust, Schrei-Kind) selbst die Aufmerksamkeit der Mutter zu erlangen und somit vom schwachen Vater wegzulenken. Die Mutter wird folglich vom Vater ablassen, weil sie ihre ganze Aufmerksamkeit dem anstrengenden und vermeintlich schwierigen Kind widmen muss.

Doch – das hast du als aufmerksamer Leser längst erkannt – wir haben es hier nicht mit einem schwierigen Kind zu tun, sondern ganz im Gegenteil sogar mit einem sehr aufmerksamen Kind. Das Kind will nichts anderes bewirken, als den Vater zu schützen. Und nimmt daher die im Familientheater bisher unbesetzte Rolle des Störenfrieds an. Unglücklicherweise werden in solchen Familien dann aber meist die vermeintlich kranken Kinder behandelt. Sie landen in psychologischer Betreuung oder – häufig kommt das bei ADHS vor – werden sogar mit Medikamenten behandelt.

Sowohl ich als [SELBST] deines Kindes als auch ganz viele Menschen, die eine psychologische Ausbildung vorweisen können, empfehlen in solchen Situationen das gesamte Familienkonstrukt zu betrachten und nicht nur isoliert das vermeintlich auffällige Kind. Nicht jedes schwierige Kind ist gleich krank. Und noch weniger benötigt das Kind in jedem Fall auch Medikamente. Oft ist es in eine familiäre Rolle gedrängt worden, aus der es ohne Hilfe und ohne Veränderung im Familientheater nicht wieder rauskommt. Hier ist es hilfreich, wenn die gesamte Familie sich mit fachkundiger Hilfe reflektiert, mögliche Ungleichgewichte hinterfragt und bestenfalls auch versucht, diese zu beseitigen. Das Verhalten des Kindes wird sich in der Folge dann höchstwahrscheinlich ebenfalls zum Guten verändern.

Noch ein Beispiel:

Natürlich gibt es nicht nur unausgewogene Beziehungen, wie in meinem ersten Beispiel. Es gibt auch konflikthafte Beziehungen. Ziemlich oft übrigens, wenn man mal so mit offenen Augen herumguckt. Nicht selten erwächst aus so einem Konflikt dann ein Kind. Damit alles wieder gut wird. Damit man ein gemeinsames Band hat. Weil Familie glücklich macht.

Kurzum: Die Ehe soll gerettet werden.
Auftrag an das Kind: Du bist der Retter unserer Ehe!

Klartext: Das, was die Eltern allein als zwei Erwachsene nicht geschafft haben, soll jetzt das neue Kind richten. Was für eine Aufgabe! Im Theater würde sich niemand um eine solche Rolle reißen!

Im Grunde wissen die Eltern ja selbst, dass das nicht funktioniert und dass eine marode Ehe auch mit Kind früher oder später scheitern wird. Wahrscheinlich als Scheidungskind zu enden, ist für das neue Kind gar keine schöne Aussicht. Aber das weiß es ja noch nicht. Viel unschöner und für das Kind wirklich belastend ist der oben erwähnte Auftrag: Rette unsere Ehe!

Die Eltern sagen das zwar nie, doch das Kind spürt es in jeder Pore seines Körpers. Ich erwähnte zuvor, dass Kinder ein sehr feines Gespür haben, viel feiner, als die Erwachsenen ihnen zutrauen. Und deshalb versteht es auch sofort, dass – wenn es in seiner zugeteilten Rolle scheitert – die Verantwortung für die Trennung der Eltern beim ihm liegt. Zumindest fühlt es sich für das Kind so an.

Wie kann nun ein kleines Kind diese Aufgabe, die viel zu groß erscheint und unverantwortlich ist, bewältigen? Eine Möglichkeit aus der Trickkiste ist das Kranksein. Wenn das Kind krank ist, lenkt es die Aufmerksamkeit der Eltern auf sich und die Eltern müssen sich nicht mehr mit ihrer eigenen Ehe und deren Unzulänglichkeiten auseinandersetzen. Mit Kranksein spricht das Kind auch das Verantwortungsbewusstsein des Elternteils an, das geneigt ist zu gehen. Jetzt, wo das Kind so krank ist, kann ich unmöglich die Familie verlassen!

Jetzt versteh mich bitte nicht falsch. Es kann schon sein, dass das Kind wirklich krank ist und auch eine Veranlagung zu einer schwachen Gesundheit mitgebracht hat. Aber es ist so wie mit den psychosomatischen Erkrankungen von Frau Müller, von denen ich dir im ersten Teil erzählt habe: Ursächlich ist die Psyche. Und konkret der ganz feste Wille des Kindes, seinem Auftrag gerecht zu werden und die Ehe der Eltern aufrechtzuerhalten.

Manchmal werden Kinder, wenn die Ehe der Eltern sehr unglücklich ist, auch zum Partnerersatz. Damit ist nicht Missbrauch der Kinder in sexueller Form gemeint, sondern eine Form von emotionalem Missbrauch. Entschuldige das harte Wort, doch so ist das. Natürlich ist der jeweilige Elternteil nett zum Kind und will ja auch nur dessen Bestes, doch leider ist das so ganz und gar nicht die passende Rolle für ein Kind!

Beispiel: Der dreijährige Sohn schläft noch immer dauernd im elterlichen Bett. So wird die unerwünschte körperliche Nähe zum Ehemann gewissenhaft verhindert. Gleichzeitig kann die fehlende Berührung dann durch Kuscheln, Betüddeln und Verwöhnen des Kindes ersetzt werden. Muttis Bester.

Das Doofe daran ist, dass der Kleine hier gar keine Wahl hat. Er bekommt kaum Freiraum, die Frage, was er will, wird gar nicht gestellt. Oder wenn doch, dann rhetorisch und schlimmstenfalls mit versteckten Drohungen unterstrichen: „Komm doch mal zu Mutti oder willst du nicht? Dann ist Mutti aber ganz traurig." Siehst du das Problem? Welche wirkliche Wahl hat denn hier der kleine Junge?

Die Eltern erkennen meist gar nicht, was sie dem Kind hier antun, der Deckmantel des Gutgemeinten rückt es ins rechte Licht. Und durch so etwas kann krank machendes Verhalten der Eltern sehr, sehr lang Bestand haben und das Kind in seiner gesunden Entwicklung stark beeinträchtigen.

Da aller guten Dinge ja drei sind, noch ein weiteres Beispiel für familiäre Rollen und deren Folgen für das Kind:

Du kennst so etwas sicher aus dem Bekannten- oder Verwandtenkreis. Ein Elternteil lässt das Kind einfach nicht los. Oder beide Elternteile. Das für das Kind nicht förderliche Verhalten der Eltern zeigt sich bereits erstmals ganz am Anfang – erinnerst du dich an meine Erklärungen zur „analen Phase"? Das ist die Zeit, in der dein Kind damit anfängt, sich wegzubewegen und ein eigenes ICH zu entwickeln.

Diese nun beschriebene Sorte von Eltern wird das Kind unbewusst daran hindern, sich abzulösen und ein ICH zu entwickeln. Später in der Pubertät – in der der Drang des Kindes nach Selbstfindung und Persönlichkeitsentwicklung nochmal sehr ausgeprägt ist – müssen diese Eltern dann erneut stark gegen die Selbstwerdung des Kindes ankämpfen, um die für sie selbst bedrohlich wirkende Selbstständigkeit des Kindes zu unterbinden. Wenn die Kinder dann älter werden, wird der unbewusste Kampf gegen die Abnabelung des inzwischen vermeintlich erwachsenen Kindes unverändert fortgeführt werden. Dieses An-der-Leine-Halten des Kindes endet bei solchen Eltern nie!

Selbstverständlich ist es wünschenswert, wenn Kinder auch als Erwachsene einen guten Kontakt und eine gewisse Nähe zu ihren Eltern behalten. Problematisch wird es nur dann, wenn die Kinder unter diese Nähe leiden, wenn es ihnen eine Last ist und sie das immer stärker werdende Gefühl haben, trotz fortgeschrittenen Alters noch immer gänzlich vom Wohlwollen ihrer Eltern abhängig zu sein. Die Kinder erkennt man manchmal daran, dass sie auch als Erwachsene täglich zu ihren möglicherweise längst verwitweten Elternteilen laufen, um sich nützlich zu machen, obwohl – nüchtern betrachtet – die Eltern noch gar nicht hilfsbedürftig sind, sondern es einfach nur schön finden, wenn sie noch immer im Mittelpunkt des Lebens ihres Kindes stehen. Man erkennt diese Kinder auch daran, dass sie widerspruchslos die größten Vorwürfe ihrer Eltern ertragen, obwohl sie tief in sich wissen, dass das völlig ungerechtfertigt und auch ungerecht ist. Es sind die Männer und Frauen, die sich – inzwischen selbst in den mittleren Lebensjahren und möglicherweise bereits selbst Eltern – täglich mit ihren Eltern telefonisch kurzschließen, um zu hören, ob bei denen alles in Ordnung ist und um zu berichten, was sich im eigenen Alltag ereignet hat.

Wie schon erwähnt, generell ist es sehr schön, wenn man am Leben des anderen teilhat und sich um den anderen sorgt. Kritisch ist es nur, wenn dieses nicht auf Augenhöhe, sondern noch immer in der alten und längst überholten Eltern-Kind-Hierarchie geschieht. Diese Männer und Frauen werden auch nach dem Tod der eigenen Eltern noch von diesen unbewusst geleitet werden: das schlechte Gewissen, nicht genug getan zu haben, das Gefühl, kein gutes Kind gewesen zu sein, die dauernden Selbstzweifel, die das Leben so schwer machen. Der Einfluss der Eltern endet bei diesen Menschen im Grunde nie.

Für uns ist jetzt natürlich interessant zu hinterfragen, wie es dazu kommen kann. Im Grunde ist das ganz einfach: Es ist in solchen Fällen die Bedürftigkeit der Eltern. Eltern, die es – vielleicht weil sie selbst ähnliche Eltern hatten – nie geschafft haben, eine selbstständige und eigenverantwortliche Person zu werden. Sie wurden zwar alt, aber nie erwachsen. Manchmal sind sie aus diesem Grund von Tabletten oder Alkohol abhängig geworden, manchmal leiden sie unter dauernden depressiven Verstimmungen. Manchmal neigen sie zu permanentem Unwohlsein oder Krankheit. Das macht sie den eigenen Kindern gegenüber zu keinem wertvollen Begleiter. Sie können dem eigenen Kind nicht als Wegweiser oder Vorbild dienen.

Auch emotional sehr unausgeglichene Eltern, die sich selbst nicht „im Griff haben", die dabei die Verantwortung für ihr eigenes Leben nie bei sich selbst sehen, sondern immer bei anderen, wirken auf ihre Kinder hilflos und verursachen bei diesen das Gefühl, helfen zu müssen.

So kommt es nicht selten vor, dass Kinder eines abhängigen Elternteils dazu neigen, die gesamte familiäre Verantwortung zu übernehmen. Sie erfüllen Aufgaben des täglichen Lebens, die eigentlich den Eltern zufallen würden, sorgen zum Beispiel für jüngere Geschwister oder regeln den Haushalt. Alles nur, damit der familiäre Alltag irgendwie aufrechterhalten werden kann.

Kinder von emotional sehr unausgeglichenen Eltern wiederum neigen dazu, ausgesprochen angepasst und pflegeleicht zu sein. Das Leben dieser Kinder dreht sich darum, sicherzustellen, dass die Eltern „stabil" sind. Das heißt, sie bemühen sich stark, keinen Ärger zu verursachen und tun alles, damit die Eltern möglichst wohlgelaunt und zufrieden mit ihnen sind. Es sind oft brave Kinder. In ihrem späteren Leben leiden sie häufig darunter, sich nicht durchsetzen zu können.

Kinder von depressiven Eltern sind häufig darauf fixiert, das betroffene Elternteil durch nichts traurig zu stimmen. Da verzichten die Kinder sogar auf ihren Freiraum und die Erfüllung eigener Bedürfnisse, die ja auch ein Kind schon hat und spürt. Das Wohlergehen der Eltern ist das ständige Ziel ihres Verhaltens. Wenn sie erwachsen sind, kann es sein, dass sie unter ihrer Selbstlosigkeit leiden. Es ist auch möglich, dass der selbstgestellte Anspruch, immer gut drauf zu sein, sie früher oder später in die Erschöpfung führt.

Du kannst dir nun gut vorstellen, dass es einem Kind, das auf diese Weise und mit dieser gefühlten Verantwortlichkeit großgeworden ist, unmöglich ist, festzustellen, wer es selbst eigentlich ist und was es selbst eigentlich will. Und wenn ein Kind über Jahre auf diese Weise – meistens von seinen Eltern nicht bewusst gewollt – konditioniert worden ist, dann verselbstständigt sich dieses Verhalten. Und wenn diese Kinder auch altersmäßig längst Erwachsene sind, werden sie als „große Kinder" weiterhin stets bemüht sein, dass es den Eltern gut geht. Deren Wohlbefinden wird immer wichtiger sein als das eigene Gefühl. Das Verhalten gegenüber der sonstigen Umwelt hat sich im Laufe der Jahre entsprechend angepasst. Die erwachsenen Kinder leiden also nicht nur unter ihren Eltern, sondern im Grunde unter der ganzen Umwelt. Ohne therapeutische Hilfe ist da dann meist kein Ausweg zu finden.

Auch auf die Gefahr hin, dass ich dich langweile, weil ich mich wiederhole: Selbstverständlich ist es wünschenswert, wenn Eltern sich zunächst um ihre Kinder kümmern und später dann diese Kinder sich um ihre Eltern kümmern. Auf keinen Fall will ich hier den totalen Egotrip der Kinder bewerben. Mir ist aber sehr wichtig, dass von Seiten der Kinder eine Freiwilligkeit gegeben ist, statt eines inneren Zwangs, der ihnen von den Eltern in Form von emotionalen Ketten angelegt wurde.

Ich gehe davon aus, dass du deinem Kind ganz sicher keine der beschriebenen Ketten anlegen möchtest. Deshalb sei wachsam, besonders bei so schnell daher gesagten Sätzen wie:

- „Tu jenes oder dieses nicht, sonst ist Mutti traurig!"
- „Du willst doch sicher, dass der Papa sich freut, wenn er nachher nach Hause kommt, deshalb tu jetzt mal dieses oder das!"

Solche Mitteilungen an dein Kind sind zwar im Einzelnen nicht gefährlich, zielen aber dennoch für das sehr empfindsame Kind in genau die beschriebene Richtung: Das Wohlergehen der Eltern hängt vom Verhalten des Kindes ab und deshalb hat das Kind seine Bedürfnisse hintenan zu stellen.

Du willst doch nicht wirklich, dass dein Kind nur deshalb etwas tut, damit DU dich freust, oder? Besonders tückisch ist die nett gemeinte Ergänzung zu den oben beispielhaft genannten Aufforderungen, dass das Kind das auch bitte noch mit Freude und Spaß tun soll:

- „Freu dich doch, dass ich dich davon abgehalten habe, etwas Falsches zu tun."
- „Ein liebes Kind hat seine Freude daran, seinen Vater zu beglücken."

Keinem Menschen ist es möglich, auf Befehl Freude an irgendetwas zu haben. Wäre es nicht viel schöner, wenn dein Kind von sich aus, also aus eigener Motivation, weil es ihm selbst Freude macht, etwas tut?

Bei etwas größeren Kindern, die schon durch ihre Bezugspersonen geprägt wurden, muss man besonders fein aufpassen: Möglicherweise haben die längst herausgefunden, was DIR Freude macht und geben daher vor, dass ihnen das auch Freude macht und tun es freiwillig in der Hoffnung, dass sie dafür Lob und Anerkennung erhalten. Dann resultiert das Verhalten aber nicht wirklich aus Freiwilligkeit, sondern aus dem Wunsch, geliebt zu werden. Als spätere Erwachsene sind diese Kinder

dann die angeblich so selbstlosen Zeitgenossen, die aber immer tief ent-
täuscht sind, wenn sie für ihr Verhalten keine Anerkennung erhalten. Denn
deren Motivation für ihr Verhalten ist im Grunde alles andere als selbstlos,
es ist ein Handelsgeschäft. Tausche Hilfsbereitschaft gegen Anerkennung!

So schwierig das jetzt klingt: Manchmal solltest du dreimal um die Ecke
denken, wenn du das Verhalten deines Kindes für dich lesen möchtest. Ich
hatte dir eingangs erklärt, was so eine Psyche alles tut, um möglichst keinen Konflikt auszutragen und um sich das Leben erträglich zu machen.
Deshalb ist die Motivation zu einigen Verhaltensweisen oft erst auf den
zweiten oder dritten Blick erkennbar. Aber glaub mir, Übung macht den
Meister und je mehr du dich selbst kennst und deine eigenen Tricks hinterfragt hast, mit denen dein eigenes [SELBST] sich zeigt und schützt,
umso leichter fällt es dir, die Tricks bei deinem Kind zu entlarven.

Gefühlsverwirrungen
– warum es so schwer ist, dem
eigenen Empfinden zu trauen

Es gilt, noch eine weitere Schwierigkeit zu erwähnen, die dein Kind zu bewältigen haben wird. Nämlich die schwierige Aufgabe, seinem eigenen Gefühl zu vertrauen. Das klingt ja völlig simpel, einfach aufs Gefühl hören und schon weiß man Bescheid. Allerdings muss man dem gehörten Gefühl auch noch Glauben schenken. Und genau da liegt die Herausforderung. Denn die wohlwollenden Erziehenden tun während des Großwerdens des Kindes so einiges, um ihm zu suggerieren, dass mit dem wahrgenommenen Gefühl irgendetwas nicht stimmen kann. Dazu zwei Beispiele aus ganz unterschiedlichen Bereichen:

Gesprächssituation zwischen Oma und Enkel:

Oma: „Ich hab hier zwei schöne Geschenke für dich, sieh mal, ein schönes buntes T-Shirt und ein paar neue Turnschuhe."

Enkel: „Oh wie schön, Oma, die Turnschuhe sind ja toll, da freue ich mich!"

Oma: „Ach. Dann gefällt dir das T-Shirt nicht?"

Fakt ist, dem Enkel haben die Turnschuhe gefallen. Zum T-Shirt hat er noch nichts gesagt, er hat sich erst mal über die Schuhe gefreut. Bevor er auch nur die Zeit hatte, sich über das T-Shirt Gedanken zu machen, hat Oma für sich schon interpretiert, dass ihm das T-Shirt wohl nicht gefällt. Sie ist beleidigt und der Enkel lernt blitzschnell, dass seine Freude über die Turnschuhe irgendwie falsch gewesen sein muss. Sonst würde Oma sich ja mit ihm freuen. Besonders tückisch am vorliegenden Beispiel ist, dass der Enkel auf gar keinen Fall hätte „richtig" antworten können, denn hätte er das T-Shirt freudig bewundert, wäre ihm unterstellt worden, die Turnschuhe gefallen ihm nicht. Im Fachjargon spricht man hier von einer „Illusion der Alternativen" (Paul Watzlawick). Das Kind erfährt also, egal welches Gefühl der Freude es jetzt äußert, dass es auf keinen Fall positiv gespiegelt wird. Es schließt daraus, dass es auf jeden Fall irgendetwas falsch gemacht hat, weil es seiner eigenen Empfindung vertraut hat.

Ein weiteres Beispiel. Auch hier geht es darum, wie Entwicklungshelfer einem Kind blitzschnell, wiederholt und ungewollt immer wieder zeigen, dass mit dessen Gefühlen etwas nicht stimmen kann.

- Situation: Das Kind steht zum ersten Mal in seinem Leben an einem viel besuchten Teich mit zahlreichen Enten darin.

- Das Kind freut sich wie verrückt, denn das kennt es ja noch gar nicht und quiekt vor Freude oder kräht begeistert.

- Die Mutter (meistens sind es leider die Mütter, die immer bemüht sind, nicht aufzufallen – interessant, oder?) versucht schnell, das Kind vom seiner lautstarken Zurschaustellung seiner empfundenen Freude abzubringen. „Psst, sei leise, du kannst hier doch nicht so einen Lärm machen. Ach komm da mal weg vom Wasser, das ist auch gefährlich, nicht, dass du da reinfällst. Komm mal zu Mama, wir gehen jetzt auch mal schnell weiter."
- Das Kind versteht den höheren Sinn, dass die Mutter hier Rücksichtnahme und Vorsicht lehren möchte, noch gar nicht. Es stellt lediglich überrascht fest, dass mit seinem Gefühl der Freude hier was nicht richtig sein kann, weil sich ja gar keiner mit ihm freut, sondern im Gegenteil, es zum Ruhehalten aufgefordert wird und die Mutter gestresst wirkt.

Beides sind Beispiele dafür, wie gut gemeintes Verhalten von Entwicklungshelfern es mir, also dem [SELBST], ziemlich schwer macht. Wie soll der freudige und lebensfrohe Teil im Kind wachsen und ans Licht kommen, wenn in beiden Beispielen das Bekunden von Freude so gar nicht zu einer positiven Reaktion führt? Solche Reaktionen der kindlichen Bezugspersonen prägen. Und dann wundert man sich später, warum Menschen sich gar nicht mehr richtig freuen können und nach außen immer unberührt wirken.

Oder man fragt sich, warum erwachsene Männer und Frauen zurückweisend, eingeschnappt oder bockig reagieren, wenn die Partnerin oder

der Partner zu verstehen gibt, dass irgendein Verhalten oder eine Äußerung gerade unangemessen oder unrichtig sei. Das passiert nicht selten in Beziehungen. Der Grund dafür ist, dass die eigentlich Erwachsenen in diesem Moment gefühlt wieder drei Jahre alt sind und ihren inneren Widerstand gegen Gefühlsbevormundung, unter der sie schon als kleines Kind gelitten haben, spüren. Und wenn man dann gefühlsmäßig schon mal gerade drei Jahre alt ist, fällt auch die Reaktion auf so einen wohlgemeinten Vorstoß des Partners oder der Partnerin alles andere als erwachsen aus, sondern wird mit der Bockigkeit eines Dreijährigen oder dem Eingeschnapptsein einer Vierjährigen quittiert. Der Frust des Kindes hat sich also ganz leicht in die Erwachsenenwelt herübergerettet und verursacht dort Probleme.

Eine besonders gefährliche Variante, um das Vertrauen des Kindes in sein eigenes Empfinden zu beeinträchtigen, ist es, den Vorwurf moralischer Minderwertigkeit auf das Verhalten des Kindes anzuwenden. Das kann dann so aussehen:

Grundsituation: In der Familie sind immer alle fröhlich. Zumindest nach außen wird Wert auf diesen Anschein gelegt. Das Kind ist also nur dann ein gutes Kind, das den Erfolg der elterlichen Erziehung repräsentieren kann, wenn es ebenfalls stets fröhlich und gut gelaunt ist.

- Aktuelle Situation: das Kind ist mürrisch. Seit Tagen. Die Eltern fühlen sich somit in ihrem erzieherischen Erfolg angegriffen und erklären dem Kind mehrfach, dass es gar keinen Grund dazu hat, nicht glücklich zu sein. Sie haben dem Kind doch alles gegeben, auf so vieles verzichtet, und mit allem stets sein bestes gewollt.

- Folge für das Kind: Es spürt, dass es nicht gut ist, sich mürrisch zu fühlen. Außerdem stellt es fest, dass mürrisch zu sein offenbar mit Undankbarkeit gegenüber der elterlichen Liebe zusammenhängt. Undankbarkeit ist schlecht, das hat es bereits gelernt. Undankbarkeit macht die Eltern traurig. Das Kind fühlt sich also nun nicht nur mürrisch, sondern zudem hat es auch noch ein schlechtes Gewissen, weil es ja in seiner Logik nun Schuld daran hat, dass die Eltern traurig sind.

- Ende vom Lied: Das Kind fragt die Eltern, warum sie traurig oder verärgert darüber sind, dass es mürrisch ist. Weil die Eltern das im Grunde selbst nicht erklären können und es bei näherem Überlegen auch ziemlich unlogisch ist, sagen sie: „Ein gutes Kind weiß das selbst und muss das nicht erst fragen!"

In diesem Beispiel hat das Kind nun also drei Dinge gelernt:

1. **Das eigene Gefühl (in diesem Fall: mürrisch) ist falsch.**
2. **Ich bin undankbar.**
3. **Ich bin ein wertloser Mensch, weil ich den Zusammenhang zwischen meinem Gefühl und der Undankbarkeit nicht verstehe.**

Eine solche Grundausbildung an Erkenntnissen ist ein fruchtbarer Boden für depressive Befindlichkeitsstörungen und starke Selbstzweifel.

Hausaufgaben für Erziehende:
Erst mal an die eigene Nase fassen!

Vielleicht bist du jetzt ein bisschen verwirrt, über die Fülle an Dingen, die alle zum Tragen kommen, wenn man so einen kleinen Menschen gut in das Leben einführen will.

Dein Einwand, dass das ja nun schon seit Generationen auch ohne die freche Stellungnahme eines [SELBST] wie mir ganz gut geklappt hat, ist ja richtig. Es ist aber nicht von der Hand zu weisen, dass die Menge an Menschen, die sich selbst als psychisch sehr belastet bezeichnen würden, zunimmt. Auch Verhaltensauffälligkeiten wie ADHS scheinen zuzunehmen oder doch zumindest weniger gut durch die familiäre und soziale Situation aufgefangen zu werden. Und wenn du in deine eigene Familiengeschichte hineinschaust, wirst du wahrscheinlich feststellen, dass auch viele Dinge, die du selbst heute für dich als belastend empfindest und die dir möglicherweise Freude am Leben rauben, im Grunde überliefert – sozusagen vererbt – wurden.

Da könnte es schon eine gute Idee sein, die Psyche eines Kindes, sein [SELBST] ein bisschen mehr zu berücksichtigen, wenn man mit der Erziehung und seinem neuen Job als Entwicklungshelfer beginnt.

Aber keine Panik. Das ist ja keine unerfüllbar große Anforderung und ich bin zuversichtlich, dass du instinktiv sehr viel davon ohnehin umsetzen würdest. Das, was dich an der Umsetzung hindert, sind eher die Dinge, die du so gelernt hast, die gängig sind, die andere Menschen empfehlen und raten. Da ist es gar nicht so einfach, als ambitionierter Entwicklungshelfer stark zu bleiben und sich auf das eigene gute Gefühl zu verlassen. Ich muss aber noch mal erwähnen, dass das mit dem „eigenen Gefühl" ja auch so eine Sache ist. Denn überleg mal, was dich alles geprägt hat und wie die Beleuchtung deines Lebens dich selbst ebenfalls stark beeinflusst hat. Deshalb möchte ich dir Mut machen – ganz viel Mut – dass du dich mit dir selbst beschäftigst. Denn wenn du selbst weißt, wo DU stehst, dann ist das auch mit deinem Kind gleich viel einfacher.

Erst dann, wenn du selbst ein gutes Wertgefühl zu dir entwickelt hast, wenn du weißt, wer du bist, wenn du selbst deine beleuchteten Anteile kennst und auch die, die noch im Schatten liegen, aber unbedingt mal raus wollen, erst dann bist du in der Lage, den nötigen Abstand zu deiner eigenen Erziehungsarbeit zu halten.

Wenn du dich selbst reflektieren kannst, dann kannst du auch dein Erziehungsverhalten reflektieren. Und jetzt, wo du so viel über die Psyche deines Kindes erfahren hast – Dinge, die dich sicherlich hin und wieder überrascht haben – und wo du längst Bekanntes mal aus einem anderen Blickwinkel betrachten konntest, jetzt bist du bereit.

Bereit für die Herausforderung, die die Begleitung der Menschwerdung eines neuen Menschen darstellt.

Vielleicht hast du im Laufe des Buchlesens nun neue „Überzeugungen" erlangt. Doch auch die sind mit Vorsicht zu genießen, denn in dem Wort

Überzeugung steckt auch das Teilwort „über". Also vielleicht: etwas zu viel. Etwas zu starr. Betrachte doch das, was sich nun möglicherweise bei dir herausgebildet hat, eher als „Einstellung". Wie bei einer Kamera. Denn die kann man gelegentlich mal neu justieren, scharf stellen, verändern, ohne dass man gleich das ganze Bild über den Haufen werfen muss. Und da ein Kollege von mir ja auch in dir steckt, DEIN [SELBST], weiß ich nur zu genau, dass du dich jetzt gerade erst auf den Weg gemacht hast. Du bist am Anfang. Neue Gedanken, neue Eindrücke, die Zeit brauchen, sich zu entwickeln und auch zu verstärken. Du hast möglicherweise seit sehr vielen Jahren mit deiner Persönlichkeit gelebt, so, wie sie jetzt ist. Und plötzlich erzähl ich dir, dass du nicht nur eine Persönlichkeit, sondern insbesondere auch ein [SELBST] hast. Ihr seid sozusagen zwei. Dieser dir möglicherweise bisher unbekannte Mitbewohner, das [SELBST], lenkt dich auch noch! Ohje!

Gehe bitte nicht mit zu hohen Erwartungen an dich heran. Du bist kein neuer Mensch, sondern du bist immer noch der, der du seit Jahrzehnten bist. Alles, was du künftig vielleicht mal anders betrachtest als bisher, muss sich erst setzen. Es führt oft zu Unsicherheit, wenn du etwas Neues ausprobierst. Aber es ist sogar wissenschaftlich durch Neurobiologen belegt, dass sich in deinem Gehirn neue Verknüpfungen entwickeln werden, langsam aber sicher. Und diese neuen Verknüpfungen ermöglichen dann neues Denken. Und neues Handeln.

Gib dir selbst die Chance zur Veränderung. Denn nicht nur dein Kind profitiert davon, sondern insbesondere du selbst! Du wirst, wenn du auf

dich und das, was aus dir raus will, hörst, zu viel mehr Zufriedenheit finden, zu mehr Sicherheit, zu mehr Freude, weil sich dein Blick auf die Dinge
und auf die selbst verändern wird.

An dieser Stelle ein passendes Zitat von Roberto Assagioli, dem Vater
der Psychosynthese:

**„Wenn es rechtzeitig kommt, ist es Erziehung.
Kommt es zu spät, ist es Therapie."**

Das große Geheimnis
– du entscheidest, wie es dir geht!

Bevor ich dich auf deinen neuen Weg entlasse, will ich dir noch etwas anvertrauen. Eine Art offenes Geheimnis. Weiß jeder, ist nur keinem bewusst. Hier ist es:

DU entscheidest, wie es dir geht!

„Wie soll das denn gehen?", fragst du dich jetzt vielleicht. „Die ganze Umwelt macht mir das Leben schwer und ich bin Opfer meiner Erziehung."

Ganz einfach. DU bist Chef deiner Gedanken und der damit verbundenen Interpretation der Wahrheit. Die ultimative Wahrheit gibt es ja nicht, sie ist für jeden etwas anders. Selbst die wissenschaftlich „bewiesene" Wahrheit ist nur eine Momentaufnahme dessen, wovon wir glauben, dass es wahr ist. Und möglicherweise ist die wissenschaftliche Wahrheit in ein paar Jahren schon wieder ganz anders. Es ist nur wahr auf Basis dessen, was wir heute wissen und für möglich halten.

Hierzu ein Beispiel: Du warst doch schon mal Zeuge eines Ereignisses, bei dem ganz viele Menschen zugegen waren, vielleicht Zeuge eines Unfalls. Wenn du danach alle, die dabei waren, nach den Geschehnissen befragst, wirst du genauso viele Wahrheiten und Beschreibungen der Geschehnisse erhalten, wie es befragte Menschen gibt. Und keiner der Befragten lügt. Die Versionen der Geschehnisse weichen trotz Ehrlichkeit voneinander ab, weil jeder die „Wahrheit" anders aufgenommen und unterschiedlich für sich zugeordnet und interpretiert hat.

Im Umkehrschluss heißt das nun aber auch, dass es die ultimative Wahrheit gar nicht gibt. Das wiederum macht sehr frei. Denn wie DU die vermeintliche Wahrheit für DICH auslegst, liegt nur an dir und völlig in deinem Ermessen. Du kannst die Geschehnisse nicht verändern, aber du hast es in der Hand, was du damit für dich machst. Wenn A passiert muss das für dich nicht zwingend B zur Folge haben. C wäre auch möglich, oder Y. Und keine Reaktion auf das Ereignis ist richtiger oder besser als die jeweils andere. Nur kann es sein, dass du dich mit Reaktion Y vielleicht viel wohler fühlst und entspannter durchs Leben gehst, als mit deiner bisher üblichen Reaktion B.

Paul Watzlawick, dessen Zitat den Beginn des Buches schmückt, hat dazu übrigens umfassende Forschung betrieben und dem Kind den Namen „Konstruktivismus" gegeben.

Probier es doch mal aus, es ist ganz einfach. Stell dir folgende Situation vor: Es ist ein kinderfreier Abend. Der Lebenspartner verspätet sich zum x-ten Mal zum Abendessen. Nun stell dich mal im Geiste neben dich und sieh dir deine Reaktion an. Vermutlich bist du völlig genervt und ärgerlich, weil er sich – schon wieder – verspätet und es – schon wieder – nicht für nötig hält, sich bei dir zu melden. Außerdem verkocht das Essen, was du

– obwohl du seine Unpünktlichkeit kennst – natürlich punktgenau vorbereitet hast. Logische Schlussfolgerung des bisher praktizierten Denkansatzes: „Ich bin ihm nicht wichtig, sonst wäre er erstens pünktlich und zweitens würde er sich wenigstens melden."

Die Wartezeit wirst du in Unruhe, Ärger und voller Frust verbringen. Möglicherweise stellst du auch gleich die gesamte Beziehung in Frage, wenn ein destruktiver Gedanke dem nächsten folgt. Kommt der Lebenspartner dann endlich nach Hause, bist du stocksauer, zeigst ihm deine Wut und gibst ihm durch Worte oder Verhalten zu verstehen, dass er etwas falsch gemacht hat. Möglicherweise schmollst du auch und bestrafst ihn mit Liebesentzug. „Soll er doch für sein rücksichtsloses und liebloses Verhalten büßen!" Der bis zu seiner Verspätung noch Herzallerliebste wird nun womöglich nicht mal mehr versuchen, sich zu erklären. Der gemeinsame Abend hat nun nicht nur eine halbe Stunde später begonnen, sondern endet bestenfalls in Schweigen, schlimmstenfalls in einer unfruchtbaren Diskussion über aufgestauten Frust. Und das vorbereitete Essen wird verschmäht oder achtlos verzehrt. Das Ergebnis ist also sehr weit davon entfernt, was eigentlich von dir ersehnt wurde: eine schöner Abend.

Eine von vielen anderen Reaktionsvarianten könnte sein:

Du stellst fest, er ist nicht pünktlich. Da er eigentlich nie pünktlich ist – egal mit wem er verabredet ist – hat das nichts mit dir zu tun. Du bist halt nur heute gerade mal davon betroffen. Pech gehabt, aber es ist von ihm nicht verletzend gemeint.

Wer nicht pünktlich ist, hat auch keinen Anspruch darauf, dass bei seinem Ankommen alles fertig ist. Deshalb ist die erste Handlung: Ofen aus. Alles auf halt. Und du nutzt nun die dir geschenkte Zeit für etwas, was du gerne machst. Du trinkst in Ruhe eine Tasse Kaffee. Du liest in einem Buch, du setzt dich einfach mal ein paar Minuten ruhig hin und kommst zur Ruhe. Endlich mal Gelegenheit zum Durchatmen.

Kommt der herzallerliebste Verspätete dann gerade während du pausierst, wird er ein bisschen warten müssen. Doch dafür wird er – da ihm Pünktlichkeit ja selbst gar nicht so wichtig ist – Verständnis haben. Er kann dann das Essen vorbereiten oder weiterbereiten. Und beim nächsten Mal fängst du einfach erst mit dem Kochen an, wenn er da ist und nutzt vorher sämtliche Zeit für dich.

Der Abend beginnt bei dieser Denk- und Verhaltensweise zwar nun dreißig Minuten plus anschließender Vorbereitungszeit fürs Essen später, dafür bist du aber entspannt, der Partner ist froh, dass ihm keine Vorwürfe gemacht werden und er wundert sich über deine unerwartete Gelassenheit. Und der Abend kann so werden, wie du es eigentlich für dich wolltest: nämlich angenehm!

Eine Änderung des Verhaltens des Partners hast du in beiden Fällen nicht erreicht. Denn auch die „alte" Variante hast du ja schon zigmal ohne sichtbaren Erziehungserfolg angewendet (es stellt sich ja generell die Frage nach dem Erziehungsauftrag in einer Beziehung, ich glaube, dazu schreibe ich später mal noch ein neues Buch -:)). Was du aber bei der „neuen" Variante erreicht hast, ist dein eigentliches Ziel: nämlich einen schönen gemeinsamen Abend zu verbringen. Und damit bist du nicht, wie du bisher vielleicht befürchtet hast, derjenige, der immer alles erträgt, sondern du bis derjenige, der sein Ziel erreicht hat. Du hast gewonnen!

So einfach geht das. Und wenn du es dann irgendwann verinnerlicht hast, Situationen erst mal auf ihre zahlreichen Reaktionsvarianten hin zu untersuchen und die auszuwählen, mit der es DIR gut geht, dann wirst du gelassener und zuversichtlicher werden. Und beides ist genau das, was nicht nur dir, sondern auch deinem und seinem [SELBST] gut tut.

Das ist übrigens keine Anregung zum Schön-Denken von Dingen. Auf keinen Fall will ich die „rosa Brille" mit chronischem Optimismus empfehlen. Ich empfehle: Realismus sowie das Bewusstsein, selbst entscheiden zu können, wie du auf eine Gegebenheit reagierst. Nirgendwo steht geschrieben, dass auf Aktion A zwingend Reaktion B zu erfolgen hat. Du hast das nur bisher so praktiziert. Aber es ist eine selbstauferlegte Einschränkung. Nicht die Umwelt schränkt dich ein, sondern du lässt es zu, dass sie dich einschränkt. Das ist ein gewaltiger Unterschied!

Ich find es schön, dass du mir nun so lange zugehört hast und dich getraut hast, dich von mir berühren und anstoßen zu lassen. Das ist ein heldenhafter Beginn für einen veränderten Weg, den du zusammen mit deinem Kind nun einschlagen kannst. Es wäre übrigens auch nicht schändlich, wenn du dir als Begleiter für so einen neuen und holprigen Weg, professionelle Berater suchst. Das macht den Weg geschmeidiger und kürzer. Und du kämst ja wahrscheinlich auch nicht auf die Idee, ohne Landkarte oder Bergführer die Alpen zu überqueren..

Eines steht fest:

„Jeder Mensch hat die Chance, mindestens **einen** Teil der Welt zu verändern.

Nämlich **sich [SELBST]**"

– Paul de Legarde –

Zeitfracht Medien GmbH
Ferdinand-Jühlke-Straße 7
99095 Erfurt, Deutschland
produktsicherheit@kolibri360.de